DREAMBOOKS

南宮匠人

남궁
장인

7

ORIENTAL FANTASY STORY & ADVENTURE

신현재 신무협 장편소설

dream
books
드림북스

남궁장인 7

초판 1쇄 인쇄 2016년 12월 2일
초판 1쇄 발행 2016년 12월 13일

지은이 신현재
발행인 오영배
기획 박성인
책임편집 편집부
제작 조하늬

펴낸곳 (주)삼양출판사 · 드림북스
주소 서울시 강북구 도봉로 173
대표 전화 02-980-2112 **팩스** 02-983-0660
편집부 전화 02-980-2116 **팩스** 02-983-8201
블로그 blog.naver.com/dreambookss
출판등록 1999년 3월 11일 제9-00046호

ⓒ 신현재, 2016

ISBN 979-11-283-9044-9 (04810) / 979-11-313-0600-0 (세트)

드림북스는 (주)삼양출판사의 판타지 · 무협 문학 브랜드입니다.

남궁
장인

南宮
匠人

ORIENTAL FANTASY STORY & ADVENTURE

신현재 신무협 장편소설

7

dream
books
드림북스

목 차

南宮匠人

第一章
모용청연의 결심

"청연아!"

남궁혁은 놀라 모용청연에게 다가갔다.

다행히 숨은 쉬고 있었다. 남궁혁이 서둘러 그녀를 안아 들자, 주루 주인이 그를 안으로 안내했다.

"여기 눕히세요."

주루 주인이 서둘러 이불을 깔자 남궁혁이 모용청연을 그 위에 눕혔다. 그리고 그녀의 상처를 살폈다.

다행히 상처는 심하지 않았다. 얼굴에 있는 상처는 나뭇가지에 긁힌 게 대부분이었고 팔에 있는 상처가 조금 컸다.

온몸을 적신 붉은 피는 그녀의 것이 아니라 타인의 것인 듯했다.

눕혀 놓고 입술 사이로 물을 흘려 넘겼지만 모용청연은 정신을 차리지 못했다.

주루 주인은 걱정스러운 얼굴로 자신의 은인을 바라보다가 남궁혁에게 물었다.

"의원을 모셔 올까요?"

"아뇨. 그건 됐고, 질 좋은 죽엽청 한 병이랑 기녀들 쓰는 분가루 중에 도화분 있으면 갖다 주세요. 죽엽청은 가급적 최근에 만든 걸로요. 의원을 불렀다가 청연이 여기로 왔다는 게 들통나면 안 되니까 제가 대충 응급 처치를 할게요."

"그거야 어렵지 않습니다만…… 잠깐만 기다리세요."

주루 주인이 문을 나서자 남궁혁은 다시 모용청연을 꼼꼼히 살폈다. 맥을 짚어 보니 목숨에는 지장이 없어 보였다.

아까 모용청연의 유모가 말한 것으로 미루어 보아, 그녀는 자신을 감금한 곳에서 탈출한 모양이었다.

경비가 장난 아니게 삼엄했을 텐데 어떻게 도망친 건지는 알 수 없지만…….

"응?"

남궁혁은 모용청연의 상처를 살피다가 문득 오른손을 바

라보았다.

그녀는 놓을 수 없다는 듯 한 자루의 검을 단단히 쥐고 있었다.

"아직도 이 검을 쓰고 있었네?"

소검으로 이름을 날려 소검화라는 별호를 받았다는 사실은 알고 있었지만 아직도 쓰고 있을 줄은 몰랐다.

남궁혁이 처음으로 만들었던 검.

기절했는데도 이렇게 단단히 쥐고 있다는 건 그만큼 소중한 검이어서일까, 아니면 그 정도로 급박한 상황을 빠져나왔다는 걸까.

남궁혁은 손에 힘을 주어 모용청연의 손에서 검을 빼내었다.

십 년을 넘게 쓴 탓에 날이 많이 닳아서 남궁혁이 처음 만들었을 때보다 훨씬 짧아진 모양새였다.

모용청연이 얼마나 이 검을 소중히 여기면서 잘 관리해 왔는지가 한눈에 보였다.

지금까지 그렇게 수많은 검들을 만들어 왔는데. 정작 모용청연에게 검을 만들어 주겠다는 약속은 아직까지도 지키지 못했다니.

'이번 일이 끝나면 꼭 약속을 지켜야지.'

근데 이건 또 뭐지?

모용청연의 소검에는 식물의 줄기 하나가 말라비틀어진 채 얽혀 있었다.

새카매질 정도로 말라비틀어졌는데도 아직 생기가 있다는 것이 신기했다.

게다가 은은하게 느껴지는 상쾌한 향.

남궁혁은 줄기에 달린 작은 이파리 하나를 뜯어 입에 넣고 질겅질겅 씹었다.

순간, 입가에 시원한 바람이 부는 것 같았다.

'이거 설마?'

남궁혁은 손바닥 길이만 한 줄기와 작은 이파리를 다시 꼼꼼히 살펴보았다.

"설마 빙연과 이파리인가?"

긴가민가했지만 몸으로 은은하게 퍼져 나가는 냉기는 거짓이 아니었다.

빙연과가 있는 곳도 요녕성이고, 이전 생에서 이파리라도 발견했던 게 모용세가의 무사들이었으니 이상하지도 않다.

빙연과가 모용세가와 관련된 곳에 있는 것이다.

일단 모용청연이 깨어나야 빙연과와 관련된 것도 물어볼테니, 남궁혁은 일단 빙연과 줄기를 갈무리해 소매에 넣었다.

그리고 검의 핏물을 닦은 후 천으로 감싸 내려놓고 나자 주루 주인이 부탁한 물건들을 들고 돌아왔다.

"여기 있습니다. 혹시 도움이 될까 싶어서 주루에서 쓰는 약초와 약을 좀 가져왔어요."

"감사합니다, 잘 쓸게요. 어디 보자……."

남궁혁은 우선 죽엽청의 마개를 땄다. 질 좋은 죽엽청은 상처를 씻어 내는 데 물보다 효과가 좋으니까.

팔의 상처에 눌어붙어 있던 피가 서서히 씻겨 나가며 상처가 고스란히 드러났다.

생각보다 깊은 상처긴 했지만 왼팔이라 검을 쥐는 데는 크게 문제가 없어 보였다.

남궁혁은 상처에 도화분을 엷게 발랐다.

여성들의 뺨에 홍조를 만들어 주는 이 분은 일정 성분 약재가 섞여 있어서 응급 상황에 지혈제로 쓰기 괜찮았다.

"피는 멎었고, 어디 보자 약이 뭐가 있나……."

남궁혁은 옛 기억을 떠올려 약을 이것저것 골라냈다.

어머니가 아프실 때 한참 공부했던 의학에 대한 지식들이 새록새록 떠올랐다.

남궁혁은 아까 모영청연의 맥을 짚었을 때 느낀 것들을 하나하나 짚어 나갔다.

오랜 시간 음식을 섭취하지 않은 듯 전신에 활력이 없었고 기혈의 흐름이 군데군데 원활하지 못했다.

안정된 상태로 당분간 휴식을 취하면 충분히 나을 만한 상태였다.

하지만 남궁혁은 그녀에게 들어야 할 말도 있었고, 상황이 그리 느긋하지도 않았다.

"어쩔까나……."

남궁혁은 고민하다가 소매에 들어 있는 빙연과의 이파리를 꺼냈다.

양은 적지만 나름 중급 영약에 들어가는 놈이니까.

생으로 복용하면 위험할 수 있지만, 주루 주인이 가져온 약재들과 잘 배합하면 냉기를 억제하면서 진기만 취할 수 있을 것이다.

약재들의 종류나 수준을 고려했을 때 이 방법으로 하면 많은 진기가 손상되긴 하지만, 천천히 달일 시간이 없는 것은 사실.

"청연이가 버텨 주겠지."

남궁혁은 모용청연의 이십 년 내공 수련을 믿기로 하고 밖으로 나왔다.

그리고 별채의 부엌으로 가 빙연과 줄기와 약재를 섞어 갈고 빻고 끓였다.

원래대로라면 며칠을 끓여도 부족하겠지만 상황이 상황

인지라 반 시진만 우려낸 뒤, 남궁혁은 한 그릇을 들고 방 안으로 들어왔다.

"그래, 청연아. 천천히 마셔라……."

입술을 살짝 벌린 틈으로 약이 조금씩 흘러 들어갔다.

모용청연이 한 그릇을 다 마시는 데 반 시진이 소요됐다.

그릇을 다 비우고 맥을 짚어 보자, 효과가 있는지 맥이 빠르게 정상으로 돌아오기 시작했다.

"효과 괜찮은데?"

이 정도면 하루가 지나기 전에 몸을 운신할 수 있을 정도로 회복될 것 같았다.

남궁혁은 모용청연의 간호를 주루 주인에게 맡기고 밖으로 나왔다.

원래는 밖으로 나가 모용세가의 동태를 살펴보려고 했지만 모용청연이 깨어날 때까지는 상황을 두고 보는 것이 좋을 듯했다.

*   *   *

"꺄아아아악—!"

모용청연은 끔찍한 비명을 질러 대며 깨어났다.

그녀의 온몸에는 식은땀이 줄줄 흐르고 있었다.

눈에 어린 살기와 긴장은 자신이 누워 있는 곳이 정갈한 방 안이라는 사실에 서서히 사라졌다.

꿈이었나…….

그녀는 식은땀을 흘리며 두 손에 얼굴을 묻었다.

너무나 끔찍한 꿈이었다.

혈연관계의 친척들이 그녀를 배신자라고 부르며 칼을 찔러 넣었고, 모용청연은 몇 번이나 그들의 목을 베어야 했다. 그래야 살아남으니까.

더욱 끔찍한 것은 이것이 단순한 꿈이 아니라는 것.

모용청연은 제 두 손을 바라보았다.

수많은 혈족을 베어 낸 탓에 피에 절어 있었던 손은 깨끗하게 닦여 있었다.

사촌에게 칼을 맞았던 왼팔의 상처도 거의 아물었고, 오랜 단식 때문에 망가져 있던 몸 내부의 상태도 괜찮았다.

겨우 도망쳐 몰래 심양으로 들어온 후, 예전부터 알고 지내던 기루에 도착했다가 쓰러졌던 것까진 기억 하는데…….

"일어났어?"

오랜만인 듯하면서도 귀에 익은 목소리에 모용청연이 고개를 돌렸다.

남궁혁이 문을 열고 들어오고 있었다. 한 손에는 웬 그릇을 든 채였다. 모용청연이 눈을 재차 깜빡였다.

"내가 아직도 꿈을 꾸고 있는 건가?"

"꿈? 안 좋은 꿈이라도 꿨어?"

남궁혁이 대꾸하며 앞에 앉자 모용청연이 안도의 미소를 지었다.

정말 다행이었다. 남궁혁은 꿈이 아니라서.

"응. 엄청나게 끔찍한 걸로."

"꿈속에서 모용세가가 마교랑 손이라도 잡았어?"

남궁혁의 질문은 절대 질문이 아니었다. 확신에 가득 찬 말투. 모용청연은 경계 어린 말투로 물었다.

"너, 어디까지 알고 있는 거야?"

"일단 이것 좀 마셔."

남궁혁이 약 그릇을 내밀었지만 모용청연은 시선도 주지 않았다.

"정말 너무하네. 너 걱정돼서 일부러 여기까지 온 사람한테 그러기야?"

"……날 걱정해서?"

"안 그래도 모용세가가 수상쩍은 상황인데 한 달에 두 통씩 꼬박꼬박 서신을 보내던 친구가 반년 넘게 아무 소식이 없잖아. 걱정이 안 되고 배기겠어?"

"그, 그랬구나."

상황이 너무 심각하다 보니 남궁혁에게 서신을 보내는 일도 까맣게 잊고 있었다.

그랬는데 자신의 연락이 없는 걸 수상하게 여겨서 일부러 여기까지 찾아왔다니.

모용청연이 조금 경계를 풀었다. 남궁혁은 기회를 놓치지 않고 계속 얘기를 이어 갔다.

"게다가 심양 들어오려는데 모용세가 사람들이 날 죽이려고까지 했다니까. 개방의 비밀 지부까지 습격했다고. 솔직히 이 정도면 자기들이 수상쩍다는 걸 비밀로 할 생각이 있는 건지 없는 건지."

"그 얘기는 들었어. 우리 집안사람들이 너를 해하려 했던 거."

"청경 누님이지?"

그것까지 알고 있다니? 모용청연의 등 뒤로 식은땀이 흘렀다.

"너만 반대했다며. 마교와 연합하는 거. 청경 누님이 필두가 되고. 너희 유모가 전부 말해 줬거든."

"유모가?"

"응. 그래서 그 북쪽 산으로 조사 나가 보려고 했는데 마침 네가 주루 문 앞에 쓰러져 있더라고. 그래서 너 치료하고 이러다가 벌써 하루가 갔지."

"그랬구나……."

"그렇게 안심할 상황은 아니야. 천라지망이 펼쳐졌거든."

남궁혁은 처음으로 어두운 얼굴을 해 보였다.

개방이 날려 보낸 걸응의 반수가 다쳐서 돌아왔다.

다른 분타에 도착한 것이 한 마리라도 될까.

단순한 전서구도 아니고 몸이 날랜 걸응이 이만큼 다쳐 올 정도라면 돌아오지 않은 걸응은 전부 모용세가에 의해 죽었다고 봐야 했다.

사람을 보내 무림맹에 알리려고 해도, 모용세가가 관에 어떻게 손을 썼는지 통행이 무척 엄격해져 이마저 쉽지 않았다.

특히 거지, 무림인 등의 통행은 뇌물까지 씨알도 안 먹힌다나.

관도가 아닌 곳에는 모용세가의 무사들이 빼곡하게 들어섰다.

적극적으로 이쪽을 해치려는 건 아닌 듯했다.

오히려 뭔가를 찾는 분위기였다. 그리고 그 뭔가는 모용청연일 것이다.

모용청연이 심양에 머물지 않고 도주할 거라 예상한 건지 아직까지 주루가 의심의 대상에 오르진 않았다.

하지만 여기가 그들의 텃밭인 이상 발각은 시간문제였다.

만 하루 간 있었던 일들을 들은 모용청연은 얼굴을 딱딱히 굳힌 채 자리에서 일어났다.

그리고 남궁혁에게 큰절을 올렸다.

"뭐야, 너 갑자기 왜 이래?"

"제발, 도와줘."

"청연아."

"나 혼자서는 우리 가족들의 야망을 막을 수가 없어. 분하지만…… 나는 지금 누구의 도움이라도 필요해."

혼자서 단식도 해 보고 다른 세가원들을 설득하려고 애를 썼지만 결국 소용없었다.

누군가에게 도움을 청해야 했다.

혼자 힘으로 세가를 일으키고, 무림에 이름을 날린 남궁혁이라면 뭔가 좋은 수가 있을지도 모른다.

마교의 비밀 지부를 캐내 그들의 음모를 산산조각 낸 것도 남궁혁이 아니던가.

동갑내기지만 결코 따라갈 수 없는 엄청난 잠재력을 가진 친구.

하지만 친구라고 해서 그 도움을 공으로 얻을 수는 없었다.

얼마나 위험한 일인가. 이 요녕에서 모용세가를 적으로 돌린다는 것은.

남궁혁이 비록 모용세가의 공격을 받았지만 그건 모용청연을 찾으러 왔기 때문이라고 그녀는 믿어 의심치 않았다.

모용청연을 돕지 않는다면 남궁혁은 무사히 빠져나갈 수도 있다. 그렇기에 모용청연은 그의 도움을 받기 위해 뭐라도 걸어야 했다.

"도와준다면 내가 할 수 있는 건 뭐라도 할게."

모용청연의 목소리에는 비장함이 느껴졌다.

"잠깐, 잠깐!"

남궁혁은 화들짝 놀라며 손을 내저었다. 그러곤 후다닥 말을 내뱉었다.

"설마 지금 도와준다면 내 인생을 주겠다면서 옷고름을 하나하나 푸는, 그런 빤한 일을 하려고 한 건 아니지? 천하의 모용청연이?"

진짜 그럴 생각이 없지 않았던 듯 모용청연의 목덜미가 빨갛게 달아올랐다.

남궁혁은 모용청연이 만약 그랬다면 거품 물고 졸도라도 할 것 같은 얼굴로 그녀를 일으켰다.

"바보야, 일어나. 우리가 몇 년 친구인데 그렇게 나를 몰라?"

남궁혁도 모용청연이 왜 이러는지는 짐작하고 있었다.

남의 집안일에, 그것도 모용세가 같은 대 세가를 상대로 끼어드는 일이 어디 쉬운 일이겠는가.

하지만 모용세가가 마교와 손을 잡은 이상 이건 더 이상 모용청연만의 문제가 아니었다.

전 무림의 문제고, 새 삶을 살면서 온전히 마교와의 일전만을 바라보며 살아온 남궁혁의 문제였다.

"당연히 널 도울 거야. 그러려면 우선 네가 기운을 차려야 해. 씻고, 밥 먹고, 몸을 가다듬어. 걷다가 픽 쓰러지는 몸으로는 절대 아무것도 할 수 없다고."

남궁혁의 다정한 말에 모용청연의 눈에 결국 눈물이 고였다.

울지 않으려고 오만상을 지어 보였지만 뜨거운 눈물이 또르르 흘러내리는 데 일조했을 뿐이었다.

"알았어."

울먹임 가득한 목소리. 세가에서 혼자 투쟁하면서, 그녀는 그동안 얼마나 제 편을 바라 왔을까.

"그래. 울지 말고. 소검화 모용청연에게 눈물은 안 어울려."

"알아. 그냥 연기해 본 거야."

쑥스러움 가득한 변명과 함께 모용청연이 눈가를 닦았

다. 그새 붉어진 눈매는 한결 부드러워졌다. 남궁혁이 알던 바로 그 모용청연의 얼굴이었다.

"그보다 물어볼 게 있어. 모용세가가 전부 달려갔다는 동굴이 대체 어디야?"

"그것도 유모가 얘기해 줬어?"

"유모는 동굴이라는 것만 알더라고. 일반 무사들이 얘기하는 걸 들었대."

남궁혁은 품 안에서 꼬질꼬질한 한 장의 지도를 꺼냈다.

꽤 낡긴 했지만 산세가 잘 기록된 지도였다.

"대충 위치를 짚을 수 있겠어?"

모용청연은 남궁혁이 꺼낸 지도를 유심히 살펴보았다.

도망치기에 급급해서 위치가 어디다 정확히 짚기는 어려웠다.

하지만 기억을 더듬어 자신이 도망친 길을 역으로 거슬러 올라갔다.

남궁혁은 모용청연이 기억을 떠올리는 것을 가만히 기다려 주었다.

"여기, 여기야."

일각이 흐른 후, 모용청연이 한 점을 짚었다.

남궁혁의 시선이 모용청연의 손가락 끝을 향했다. 그의 눈에 이채가 서렸다.

"좋아. 잘 쉬고 있어. 난 잠깐 어디 좀 다녀올게."

"어딜?"

"널 도울 방법을 찾으러."

지도를 챙긴 남궁혁은 그렇게 말하고 자리에서 일어났다.

모용청연은 그가 참으로 신기했다. 처음 만났을 때도 그랬지만 남궁혁에게는 남모를 자신감이 넘쳤다.

지금까지 수많은 후기지수를 만나 봤지만 남궁혁과 같은 사람은 없었다.

그들은 대부분 대문파의 적전 제자거나 세가의 후계자로, 안정적인 기반 위에서 든든한 지원을 받으며 실력을 닦아 온 이들.

그들이 지금 이런 상황에서 도움 요청을 받았다면, 남궁혁처럼 흔쾌히 답할 수 있을까?

자신들의 문파도 그 무엇도 없이, 자기 혼자서 모용세가를 상대해야 하는 이 상황에서?

모용청연은 고개를 저었다. 그 누구라도 거절할 것이다. 불리한 상황에서 싸워 본 적 없는 이들이니까.

그렇기에 안심이 됐다. 남궁혁과 함께라면 할 수 있을 것 같았다. 그는 언제나 불리한 상황에서 스스로의 손으로 미래를 개척했으니까.

모용청연은 남궁혁이 나간 자리를 빤히 바라보다가 일어나 가부좌를 틀었다.

남궁혁이 그녀에게 빠른 회복을 요구했으니, 자신은 서둘러 몸을 정상으로 만들어야 했다.

이십 년간 쌓아 온 정순한 내공이 모용청연의 몸 구석구석을 빠르게 훑어 나가기 시작했다.

*　　　*　　　*

모용청연이 있는 방을 나선 남궁혁은 다시 할미 거지가 있는 초가로 향했다.

모용청연이 정신을 차리기까지 만 하루.

개방은 그 특유의 정보력으로 상당히 쓸모 있는 정보들을 많이 모아 주었다.

모용세가가 천라지망을 펼쳤다는 것도 중요한 정보였지만, 그들이 천라지망을 형성하는 데 세가의 무사 오백 여명을 내보냈다는 것도 그랬다.

현재 모용세가 본가에 남아 있는 이는 약 이백 여 명.

그렇다면 모용청연이 도망쳐 나온 그들의 산속 근거지에는 약 삼백 명이 안 되는 무사들이 있을 것이다.

하지만 그 삼백여 명의 실력도 결코 만만치 않다는 것이 개방도들의 의견이었다.

이백 여 명의 일류 무사와 오십 명의 절정 고수, 나머지 삼십 명의 초절정 고수.

그리고 모용세가가 보유한 두 명의 화경 급 고수가 있는 것으로 추측된다니.

'이거 원, 계란으로 바위 치기로군.'

물론 이쪽 계란도 그렇게 껍질이 약하지만은 않았다.

현재 심양 내에 있는, 할미 거지가 부를 수 있는 거지의 숫자는 약 천 명.

물론 그중에 오백 명 정도가 그냥 개방도의 비호를 받는 평범한 거지고, 무공을 익힌 이는 나머지 오백이다.

문제는 그들의 실력이 모용세가만큼 상향 평준화 되어있지 않다.

지부장인 할미 거지가 초절정이다. 그 아래 거지들의 실력이 그보다 더 뛰어나기는 어렵다.

무림맹 요녕 지부의 힘을 빌려 보려고 해도, 이쪽이 워낙 변방이라 대부분이 모용세가의 사람이란다.

차라리 없으니만 못한 이들이니 아예 얘기도 안 꺼냈다.

모용청연을 빨리 회복시키려는 것도 전력이 약해서였다. 모용청연도 초절정에 들어선 무인이니 충분히 한 손을 거들 수 있으리라.

그래도 여전히 삼백 대 삼백의 동률.

실력으로만 보자면 거의 백 대 오백이다.

다섯 배의 실력 차이를 대체 어떻게 메울 것인가.

백의 실력을 다섯 배로 불리지 않는다면, 오백을 백으로 만들어 버리는 방법밖에 없다.

이런저런 생각을 하는 사이 남궁혁은 할미 거지가 있는 초가에 도착했다.

"저 왔어요."

"아아, 왔냐?"

"어떻게 됐어요?"

남궁혁은 들어서자마자 부탁했던 것을 물으며 자리에 앉았다.

할미거지가 회심의 미소를 짓는 걸 보니 아무래도 잘된 모양이었다.

"네 말이 맞어. 거기 동굴이 있더라고. 홀홀. 대체 그런 걸 워찌 알았대냐?"

"동굴이 있는 거보다, 제가 말한 그대로예요?"

남궁혁은 은근슬쩍 찌르고 들어오는 할미거지의 질문을 회피하며 말을 돌렸다.

"그렇더만. 우리 같은 거지가 지반을 볼 줄은 모르지만, 네가 말한 그대로 되어 있다고는 하더라."

남궁혁은 할미 거지의 말을 들으며 아까 모용청연에게 보여 주었던 지도를 다시 꺼냈다.

"여기 맞아요?"

남궁혁이 짚은 곳은 모용청연이 짚었던 곳 바로 아래였다.

바로 아래라고는 해도 정 반대쪽에 위치한 곳이었지만.

"그려. 그놈들이 이걸 한 줌 가져왔던데."

할미거지가 지저분한 주머니를 건넸다.

건네받은 주머니는 꽤 묵직했다. 끈을 풀어 보자 돌가루 한 줌이 들어 있었다. 남궁혁이 그 가루를 집어 두 손가락으로 비벼 보았다.

"음, 역시 예상대로 석회였네요."

"진짜 뭔 생각이 있긴 한겨?"

"그럼요."

"혼자만 알지 말구 얘기 좀 혀 봐. 우리도 뭘 알아야 준비를 하든 대비를 하든 할 거 아녀."

"별거 없어요. 모용세가의 발밑을 무너트리는 계획 밖에는."

"발밑을?"

할미거지가 눈을 동그랗게 떴다. 남궁혁은 그녀를 위해 설명을 덧붙였다.

"지금 여기는 모용세가가 뭔가를 하고 있는 곳이고, 그 아래가 제가 말한 그 동굴이잖아요. 그죠?"

남궁혁이 가리킨 지도는 사실 광산업자들이 쓰는 지도여서 할미거지가 보기에는 좀 어려웠지만, 남궁혁이 가리킨 두 곳이 동굴이라는 것은 알 수 있었다.

"잘 보시면 이 두 동굴은 입구도 반대고, 높이도 차이가 상당히 나지만 수직으로 자르면 이어지는 부분이 있어요."

"설마 거길 무너트려서 안쪽을 치겠다는 거여? 우리 전력으로는 밀릴 턴디?"

"끝까지 들어 보세요."

남궁혁의 핀잔에 할미 거지가 입맛을 다셨다.

물론 할미 거지도 기린지장 남궁혁이라는 청년의 명성에 대해서는 귀가 따갑도록 들은 바였다.

하지만 과연 그가 지금 상황을 타개할 수 있을까에 대해서는 의심이 갔다.

설령 제갈세가의 똑똑이들을 다 모아 온다고 해도 가능성이 있을까 싶은데.

지금 믿을 구석이라곤 이놈 밖에 없으니 최대한 그의 말에 따라 움직이고는 있지만, 과연 가능성이 있을까?

"산에는 산을 이루는 일종의 기둥 같은 게 있어요. 정확히 말하면 기둥은 아닌데, 산의 구조를 받치고 있는 거라고

나 할까. 저는 그걸 정골이라고 불러요. 머리뼈 이름을 따서.”

“호오, 그런 게 있어?”

“일반인들은 잘 모르죠. 저도 고향에서 광산을 한두 개 개발하면서 배우고 보고 해서 아는 거예요. 그걸 잘못 건드리면 아무리 지지대를 잘 세워도 순식간에 산이 무너지거든요. 특히나 여기처럼 지하수가 천연 동굴을 만드는, 석회굴이면 더 쉽죠. 물론 제가 직접 가서 정골을 확인해 봐야겠지만. 다섯 개 정도는 찾을 수 있어야 하는데.”

남궁혁이 지도 위의 아래쪽 동굴을 손가락으로 톡톡 두드렸다.

“그러면 아래쪽을 무너트리면, 위쪽도 무너진다 이거여?”

“운이 좋으면요. 동굴 안에 정골이랑 닿는 부분이 충분히 없으면 어려울 수도 있어요. 그러면 위쪽도 대부분 무너지고, 모용세가의 무인들은 돌더미에 깔리게 되겠죠. 아무리 대단한 고수라도 갑자기 산이 무너지는데 버틸 수 있는 사람은 많지 않을 거예요. 그야말로 태산의 무게가 한 인간을 짓누르는 거니까.”

남궁혁의 손가락이 위쪽 동굴을 꾸욱 눌렀다. 상상만 해도 아비규환이었다. 황소가 발로 개미들을 짓누르는 것에 비할 수 있을까.

아무리 마교와 결탁했다지만 수백 명의 사람을 한 번에 죽여야 한다는 사실에 남궁혁은 입맛이 썼다. 하지만 별수 있나, 그들을 죽여야 내가 사는 것을.

"다 죽지는 않아도 반 정도는 무력화될 거예요. 다른 무사들도 부상을 입을 거고. 그러면 우리들로도 상대할 만하지 않겠어요?"

"글쿠만. 그리고 놈들을 해치우고 거기로 빠져나가서 무림맹의 도움을 받자고?"

"일 안은 그래요."

남궁혁이 어깨를 으쓱였다. 일단 최우선으로 생각해야 할 일은 그게 맞았다. 하지만 그게 최고로 좋은 결과는 아니었다.

"그러면 이 안은 뭐여?"

"그건 일단 고려하지 말죠. 최우선 목표만 생각하는 게 일을 처리하는 덴 더 효과적이에요."

"거야 글치. 거참, 느는 어떨 땐 스무 살 어린애 같다가도 가끔은 안에 나랑 동년배인 능구렁이가 도사리고 있는 거 같다니까."

할미 거지가 눈빛을 빛내며 남궁혁의 얼굴을 요모조모 훑어보았다.

마치 남궁혁이 그 안에 쉰 넘은 얼굴을 숨기고 있기라도 한 것처럼.

"참 수상혀. 그나저나 여기가 섬서 땅도 아닌데 이 동네 동굴을 어찌 그리 잘 아는 것이더냐?"

"제 직업이 뭔데요, 대장장이잖아요? 어딜 가든 어떤 질 좋은 광물이 나는지 알아보는 게 일이라구요. 오기 전에 몇 개 조사해 본 것 중에 얻어 걸린 거예요."

이제는 남들을 그럭저럭 속여 넘기는 데도 익숙해졌다.

꽤 설득력 있는 변명이었는지 할미 거지는 고개를 끄덕이며 넘어갔다.

사실 그 동굴에 대한 안 것이며 모용세가가 있는 동굴을 무너트리는 계획을 세울 수 있게 된 것은 모두 이전 생을 통해 얻은 정보 덕분이다.

이전 삶에서 빙연과에 대한 수색이 최종적으로 끝나 버린 것은 모용세가의 무인들이 산에 생매장됐기 때문이니까.

지하수로 인한 지반 침식으로 갑작스럽게 산 전체가 갈리듯 무너진 거라 모용세가의 무사들은 거의 살아 돌아오지 못했다.

그 근처에서 빙연과의 줄기가 발견된 탓에 꽤 많은 무사를 투입했던 모용세가는 큰 타격을 입었다.

아직 그 일이 일어나려면 한참 멀었지만, 인공적으로 정골을 건드리면 충분히 만들 수 있는 사고이기도 했다.

"그런데 그걸 워찌 무너트릴겨? 참고로 말해 주지만 우리 개방엔 그 값비싼 화약 같은 건 없어."

"저도 그럴 거라고 예상은 했어요."

남궁혁은 당연한 걸 무엇하러 말하냐는 듯한 얼굴로 자리에서 일어났다.

뭔가 방도가 있어 뵈는 얼굴이긴 한데, 전혀 언질도 주지 않고 쌩하니 나가 버리는 모습에 할미 거지가 혀를 찼다.

"저놈이야말로 속에 비밀 동굴 수 개를 갖고 있구만. 도대체 누가 저런 놈을 키운 거람?"

하지만 그런 비밀스러운 구석이 한 편일 때는 든든하기 짝이 없다는 것도 사실이기는 했다.

아군이 짐작하지 못할 정도의 비밀이라면 적은 상상도 하지 못할 거 아닌가.

할미 거지는 남궁혁이 보여 줄 한 수가 어떨지 솔직히 기대하고 있었다.

한편 할머 거지의 초가를 나온 남궁혁은 다시 주루 주인의 별채로 향했다.

모용청연을 발견하기 전, 남궁혁은 모용세가가 있는 산으로 혼자 수색을 나서려 했다.

그러기 위해서는 무기가 필요했다. 원래 쓰던 검은 남궁혁이 모용세가의 추적을 따돌리기 위해 거지 분장을 하면서 숨겨 놨으니까.

하지만 그 검을 찾으러 가는 건 너무 모험이었다. 심양에서 너무 떨어져 있었고, 모용세가의 천라지망에 정통으로 걸려들 확률이 높았다.

'이빨이 없으면 잇몸으로 씹어야지.'

남궁혁은 주루 주인의 별채에 있는 창고로 다가갔다.

이미 주인이 언제든 편할 때 와서 둘러보라고 한 덕에 빗장은 걸려 있지 않았다.

남궁혁이 문을 활짝 열자 눈이 부실 정도로 번쩍이는 것들이 한눈에 들어왔다.

가지각색의 검과 도, 종류별로 나열된 창, 권법가들이 쓰는 아대부터 철선이나 봉, 철편까지 무림에서 보기 힘든 무기들도 창고 안에 잔뜩 진열되어 있었다.

주루에서 술값을 치르지 못한 무인들이 자신의 무기로 값을 치르는 것이다.

그러다 보니 품질은 천차만별이었다.

술값 몇 푼을 못 내서 분신과도 같은 무기를 내놓는 자들의 것이니 알 만하지 않은가.

하지만 남궁혁을 단번에 사로잡는 상등품도 있었다.

"이야, 도갑부터 굉장한 도인데?"

남궁혁은 그중 한 자루의 도를 들어 뽑아 보았다.

압도적인 가벼움과 탁월한 균형 감각이 돋보이는 도였다.

대체 어떤 명인이 만들었을까? 도갑의 장식이 오래되어 삭아 가는 걸 보면 이걸 만든 장인은 이미 고인이 되었을 것이다.

하지만 그가 남긴 물건은 이토록 오랫동안 남아 있으니.

이게 바로 장인이라는 일의 가장 큰 보람이 아닐까.

아무리 많은 내공을 쌓아도 당사자가 죽을 땐 다 흩어져 버리니까.

뛰어난 고수들은 후인에게 내공을 물려주기도 한다지만 그 내공을 전부 물려주는 것도 아니고, 내공만 물려줄 뿐 그 실력을 그대로 전수할 수 있는 것도 아니다.

그 반면 장인이 만든 무기란, 그의 실력이 고스란히 남는 것 아닌가.

"마음 같아선 제대로 잘 다듬고 도갑도 새로 만들어 주고 싶지만, 당장 쓸 곳이 있어서 어쩔 수 없군. 천룡이 좋아할 것 같은데 말이지."

남궁혁은 아쉽다는 듯 입맛을 다시며 그 도 외에도 몇 자루의 검과 도, 그리고 창을 챙겼다.

뛰어난 검수는 도도 어느 정도 쓸 수 있다고 하지만, 창은 왜 챙기는 것일까.

 남궁혁은 수많은 창 중에서도 가장 보편적인 장창만 골라 챙겨 들고 창고를 나왔다.

 무기도 갖춰졌으니, 이제 필요한 건 어둠뿐이었다.

第二章

설곡의 결전

　밤하늘에는 구름이 **빽빽**이 꼈고 대기 중에는 곧 비가 올
것처럼 습기가 가득했다.

　좀 찝찝하긴 하지만 몰래 암행을 해야 하는 입장에서는
반가운 날씨라고 할 수 있었다.

　남궁혁은 검은 두건을 질끈 동여맨 후, 사람 키보다 큰
봇짐을 대각선으로 짊어졌다.

　아까 창고에서 챙겼던 검과 도, 그리고 창이었다.

　남궁혁 본인의 무기로는 적당한 검을 골랐다.

　안타깝게도 검은 그렇게 양질의 것이 없었다. 오히려 모
용청연에게 만들어 준 소검이 훨씬 나았다.

그렇다고 수상쩍은 외부인이 갑자기 웬 대장간 하나를 빌려 검을 만드는 건 '장인 남궁혁이 여기 있소!' 하는 꼴이나 다름없으니, 아쉬운 대로 길이나 무게가 기존에 쓰던 것과 가장 비슷한 것을 고른 것이다.

남궁혁이 가는 곳은 모용세가가 있는 동굴의 바로 아래쪽 동굴.

하지만 입구는 정반대인 데다가, 자신들의 근거지로 삼고 있기 때문인지 그쪽에는 천라지망이 형성되어 있지 않았다.

주변 감시를 위해 돌아다니는 이들에게 걸리지만 않는다면 딱히 검을 뽑을 일은 없으리라.

"그럼, 갈까?"

"좋아."

남궁혁의 반대편 어둠 속에서 단단히 결심을 한 여인의 목소리가 들려왔다. 모용청연이었다.

빙연과 이파리가 영약은 영약인지, 임시방편으로 복용을 했는데도 그녀는 반나절 만에 쌩쌩해졌다.

반드시 회복해서 도움이 되어야겠다는 그녀의 의지 덕분일지도 모르겠지만.

모용청연은 남궁혁과 똑같은 야행복을 입고 그녀의 검을 챙겼다. 그리고 등에는 남궁혁의 짐을 일부 나눠 멨다.

"진짜 둘만 가도 충분하겠어?"

덩달아 나온 할미거지가 걱정스러운 얼굴로 두 사람을 바라보았다.

이 둘의 실력이야 익히 아는 바지만, 천라지망을 펼치고도 모용세가의 무사들이 삼백 명이나 남았다는데.

만약 이 둘이 거기서 붙잡히거나 죽어 버리면 개방으로서는 꼼짝도 못하고 독 안에 갇힌 쥐 꼴이 되어 버리는 거 아닌가.

"충분한 건 아니지만, 더 많아 봤자 짐만 돼요."

"뭣이여? 우리 거지 놈들이 짐이여?"

"몰래 하는 일은 움직이는 숫자가 적을수록 들킬 확률이 적잖아요."

"뭐, 그도 그렇다만."

남궁혁도 할미거지가 걱정해서 이런다는 건 잘 알고 있었다.

어찌 걱정되지 않겠는가. 자기 문파원들을 책임진 입장인데.

"저도 제 세가원들 소중해서라도 잘하고 돌아올 거니까, 거지들 단속이나 잘하세요."

"그렇게 말 하니까 믿음직허네. 댕겨와라."

"다녀올게요."

"다녀오겠습니다."

남궁혁과 모용청연이 꾸벅 인사를 하고는 날랜 몸놀림으로 주루의 담벼락을 넘었다.

*　　　　*　　　　*

산기슭에 도착하기까지는 별로 어렵지 않았다. 산에 들어가서도 마찬가지였다.

아무리 산행에 익숙한 사람이라도 처음 가는 산을 다니는 건 어색하기 마련이었지만, 남궁혁에게는 최고의 길잡이가 있었으니까.

심양 주변의 심산유곡을 제집 삼아 뛰어다녔던 모용청연이 앞장서서 길을 열고 있었다.

어려울 것 하나 없는 여정. 신경 쓰이는 거라면 모용세가의 인물들에게 들키지 않는 것 정도일까.

아무리 그들의 목적지가 반대편에 있고, 산세 때문에 사실상 별개의 산으로 구분 지어도 될 정도라지만 엄연히 감시권 안이었다.

앞서 나가던 모용청연이 순간 발을 멈추고 아름드리나무 뒤에 몸을 숨겼다.

『저기 보이는 두 명. 어떻게 할까?』

『오래 있을 거 같아?』

한 장 정도 떨어져 따라오던 남궁혁도 근처의 바위 밑에 몸을 숨기고 전음을 날렸다.

『아니. 원래 세가에서는 지금쯤 교대 시간이야. 여기에서라고 그 규칙이 변하진 않았을 거 같아. 반 각 정도 기다리면 될 것 같은데.』

『그러면 기다리자.』

『그래.』

습격해서 기절시키는 것도 나쁘지 않았지만 경비를 맡은 무사들이 제때 돌아가지 않으면 귀찮아질 테니까, 두 사람은 기다리는 쪽을 택했다.

『이러고 있으니까 예전에 등충에 갈 때가 생각나네.』

반 각이기는 하지만 잠자코 기다리기만 하자니 지루했던 남궁혁이 말을 걸었다.

모용청연은 딴생각을 하고 있었는지 잠깐 머뭇거린 후에야 전음을 날려보냈다.

『그러게…… 그땐 재밌었는데. 걱정할 거라곤 내 결혼밖에 없고, 그 때문에 아버지에게 반항해도 그렇게 심각한 일이라고 생각 안 했었거든. 하지만 지금은―』

『야, 너무 우울해하지 마. 잘 될 거야.』

『그럴까?』

남궁혁은 답하지 못했다. 아무리 일이 잘 처리된다고 해도 모용세가는 산산이 분해될 것이다. 남궁혁이 입을 다물어도 개방이 있다.

무림맹의 핵심 수뇌부들끼리만 공유하는 비밀 지부를 공격당한 개방이 그런 정보를 두고도 손 놓고 있을 리가 없다.

잘해야 봉문, 운이 나쁘면 전원 무림 공적으로 낙인이 찍힐 것이다.

모용청연만큼은 어떻게든 남궁혁이 변호해 살릴 수 있겠지만…….

『됐다. 가자.』

남궁혁이 잠시 다른 생각을 하는 사이 무사들이 멀리 사라졌는지 모용청연이 전음을 보냈다.

그들은 다시 기척을 죽이고 한참을 움직였다.

반 시진 정도 지났을까.

남궁혁의 눈에 수풀에 가려진 동굴의 입구가 보였다.

『저기다.』

입구 앞에 덩굴 식물이며 나무 따위가 우거져서, 동굴이 있다는 걸 아는 사람이 아니라면 찾기 어려울 정도였다.

어제 개방도들이 왔다 간 흔적 덕분에 남궁혁과 모용청연도 입구를 쉽게 찾은 편이었다.

안은 어두웠다. 안력을 돋운 남궁혁은 먼저 쓱쓱 앞서나 갔다.

어딘가에서 지하수가 흘러나오는지 바닥은 축축했고 어느 곳에는 물이 고여 있었다. 걸을 때마다 찰박찰박 소리가 났고 물방울이 뚝뚝 떨어졌다.

한참을 걸어가던 남궁혁이 한 갈림길에서 주변의 벽을 한참 살피더니 왼쪽을 택해 걸었다. 별말이 없었기에 모용 청연은 그의 뒤를 따라갔다.

일각 정도 쭉 걸어 나가자 그 통로의 끝이 나왔다. 남궁 혁은 그 앞에 서서 허리에 맨 검을 뽑아 들었다.

왼손으로는 지하수에 녹아내린 동굴의 벽을 훑었다.

막 갈아 낸 검면을 살피듯 신중한 손놀림이었다.

남궁혁의 목 뒤로 식은땀이 송골송골 맺혔다.

그는 지금 오행신공 중 금공과 토공을 동시에 운용하여 이 산의 맥을 찾아내는 중이었다.

결코 쉽지 않은 작업.

이전 생에서 동굴과 산이 무너졌다는 사실 하나만 가지고 시도하는 무모한 일.

하지만 이 방법이 아니면 결코 타개책이 없기에.

남궁혁은 할미 거지와 모용청연에게 보여 주었던 여유로운 표정도 집어 던지고 맥을 찾는 일에 몰두했다.

'분명 여기 있을 거야. 분명!'

순간.

남궁혁의 오른손이 빠르게 움직였다.

써억—

남궁혁의 검 끝이 한 지점에 깊은 십자 표시를 그려 넣었다.

그러더니 반대편으로 가서 또 같은 표시를 아래위로 두 개 더 새겼다.

"이게 뭐야?"

남궁혁이 총 세 개의 표식을 새겨 넣고 고개를 들자 모용청연이 물었다.

"이 안에 산의 맥이 있어. 이따 내가 신호하면, 네가 들고 온 무기들을 있는 힘껏 찔러 넣어."

"어느 정도 깊이 찔러야 해?"

"하나 표시한 데는 일 장, 두 개 표시한 데는 각각 삼 장씩. 할 수 있겠어?"

"내공을 운용하면 충분히 가능해. 그래서 거슬리는 걸 다 부쉈구나?"

모용청연이 봇짐을 내려놓으며 말했다. 그들이 들고 온 검과 도, 창은 최대한 깊이 쑤셔 넣기 위해 손잡이의 장식 등 거슬리는 걸 전부 없애 놓은 상태였다.

남궁혁의 계획은 이랬다. 금공과 토공을 통해 산의 맥을 찾은 후 무기를 찔러 넣어 맥에 손상을 입힌다.

몇 군데를 그렇게 찔러 넣으면 산의 맥과 중심이 되는 정골의 연결이 끊어진다.

마지막으로 남궁혁이 정골에 큰 충격을 주어 파괴하면 산이 무너진다.

그냥 주저앉는 것이 아니라 산이 비비 틀면서 무너져 내리는 것이다.

모용세가가 있는 동굴은 물론 남궁혁과 모용청연이 있는 곳도 그리 안전을 보장할 수는 없었다.

"내가 신호를 보내면 무기들을 찔러 넣고, 곧바로 도망쳐. 바로 산을 벗어나서 약속한 곳으로 가. 피해가 어디까지 미칠지 모르니까."

"너는? 훨씬 깊이 들어가려는 거 아니야? 제때 나올 수 있겠어?"

맥과 정골을 찾아서 다른 곳으로 가려는 남궁혁을 모용청연이 걱정스러운 목소리와 함께 붙잡았다.

지금 날 걱정할 때가 아닐 텐데, 남궁혁은 피식 웃었다.

가족들을 몰살시키려 하는 상황에 친구를 걱정하다니. 역시 자신이 친구 하나는 잘 둔 모양이다.

"네가 무림맹 비무 대회에 안 오고 그동안 내내 갇혀 있어서 바깥소식을 잘 몰랐나 본데, 그거 알아? 무림맹 비무대회에 나온 후기지수 중에 화경의 고수가 있다는 거?"

"뭐? 정말? 팽 소협이 벌써 화경의 경지에 올랐어?"

"아니, 팽천룡은 아니야."

"그럼 누군데? 근데 뜬금없이 왜 지금 이런 얘기를 하는 거야?"

"그 화경의 고수가 나거든."

남궁혁은 자신의 옷깃을 잡은 모용청연의 손을 떼어 낸 후, 그 손을 꽉 잡아 주었다.

"그래서 얘기하는 거야. 걱정하지 말라고."

"혁이 너……."

"그럼 이따가 밖에서 보자. 딴 데로 새지 말고 꼭 약속 장소로 가야 해, 알았지?"

남궁혁은 모용청연의 대답을 듣지 않고 뒤로 손을 흔들며 자리를 떴다.

동굴은 구불구불했고 남궁혁은 한참을 걷다가, 멈춰 서벽에 손을 짚었다가, 또 십자 표시를 해 놓고 걷기를 반복했다.

몇몇 곳은 미리 검과 창을 찔러 넣었다.

산이 무너질 때까지 시간이 있으니 한 동선 안에 있는 지점들은 나오면서 부수면 되지만, 가지처럼 뻗어 있는 데는 오가기 번거로우니까.

그렇게 반 시진 정도 걸어 들어가던 남궁혁은 마침내 동굴의 끝에 도착했다.

"호오—"

남궁혁은 잠시 그 자리에 멈춰 깊게 숨을 들이마셨다.

대기 중의 맑은 기가 몸속으로 스며들며 갑갑하던 기분을 조금 상쾌하게 만들어 주었다.

여기가 바로 이 산의 중심.

할미 거지와 모용청연을 쉽게 이해시키기 위해 정골이니 뼈대니 하는 표현을 썼지만, 좀 더 정확히 말하자면 정골이라는 것은 산을 받치고 있는 무게중심에 가까웠다.

그 무게중심은 정확히 산을 반으로 쪼갰을 때 그 중심이 아닐 수도 있었다.

금공과 토공을 익혔다고 해서 무조건 찾아낼 수 있는 것도 아니다.

이전 생과 현 생까지 수십 년 동안 무게중심에 대한 탁월한 감을 길러 온 대장장이인 남궁혁이니까 찾을 수 있는 것이다.

수백 수천 년 동안 쌓이고 무너지기를 반복하며 자연이 찾은 단 하나의 균형점.

그곳에 이 산이 가진 가장 순수한 정기가 고여 있는 것은 당연하다면 당연한 일이다.

이 방법을 이용한다면 세가 무사들이나 제자들의 내공 진전에도 꽤 도움이 되지 않을까?

하지만 그건 돌아간 후의 일이다.

지금 중요한 것은 이 정골을 무너트리는 일.

남궁혁은 크게 심호흡을 하고는 허리춤의 검을 뽑아 들었다.

성공 확률이 얼마나 될까.

무너트리는 일은 자신 있다. 그리 어렵지 않다.

만드는 사람은 부수는 데도 재능이 있다.

무게중심을 망가트리는 것은 쉬운 축에 속한다.

무게중심이란, 약간만 비틀어져도 쉽게 무너지니까. 특히나 이렇게 부피가 큰 물건이라면 더더욱.

하지만 사람의 일은 그렇게 되지 않는다.

이걸 무너트림으로써 모용세가의 무사가 몇이나 죽어 나갈까.

아무리 가족들과 뜻을 달리하기로 마음먹은 모용청연이라지만, 그들의 죽음을 알았을 때 그녀는 얼마나 상처받을까.

살아도 산목숨이 아니게 되는 건 아닐까.

'젠장!'

남궁혁의 온몸에서 그 심경만큼이나 복잡하고 거친 기운이 검을 통해 뿜어져 나왔다.

어차피 그건 자신이 고민한다고 어떻게 할 수 있는 일이 아니다.

지금 할 수 있는 건, 최선을 다해 정골을 무너트리는 것.

그리고 모용세가의 무인들을 하나라도 더 움직이지 못하게 만드는 것.

잡념 따위가 끼어들어선 안 된다.

거칠고 흔들리던 기가 차분하게 그의 성정을 따라 검을 휘감기 시작했다.

검강을 뽑아내기 위해서는 명경지수와 같은 마음 상태가 필수.

마음은 진정됐지만 불안한 점은 또 하나 있었다.

검이 천천히 비명을 지르기 시작했다.

예상했던 바긴 했다. 검의 질이 검강을 버텨 낼 수 있을 정도로 질이 좋은 건 아니었으니까.

'그치만…… 버텨라……!'

남궁혁이 그의 최대치를 뽑아낼 때까지, 이 산의 정골을 산산조각 낼 수 있는 파괴력을 머금을 수 있을 때까지.

파지직—

일반인에게는 들리지 않을, 검이 갈라지는 소리가 들리

기 시작했다.

조금만 조절을 잘못해도 검이 먼저 부서질 것이다.

남궁혁이 그동안 적들의 무기를 파괴했던 것처럼.

지금처럼 좁은 동굴 안이라면 산산이 비산해 남궁혁을 걸레짝으로 만들지도 모른다.

조금만, 더!

검면이 지진 난 땅의 표면처럼 쩌억 쩌억 갈라지기 시작했다.

동시에 검강은 그야말로 태양처럼 새하얗게 빛나기 시작했다.

기의 밀도를 극한까지 올린 상황!

『지금이야!』

모용청연에게 전음을 날린 남궁혁이 몸을 반 바퀴 돌려 검을 날려 보냈다.

"흐랴앗!"

거친 기합 소리와 함께 검강을 머금은 검이 날아갔다.

사람의 몸을 떠난 기가 흩어지지 않고 유지되는 시간은 찰나!

그 사이에 검이 정골 안까지 파고들어야 했다.

남궁혁은 검을 날리자마자 곧바로 뛰어나갔다.

검이 제대로 박혔는지 확인할 시간 따위는 없었다.

산의 규모가 있어서 찔러 넣는 즉시 무너지지는 않겠지만, 시간을 가늠하기 어려웠기에 가급적 서둘러야 했다.

아까 들어왔던 길을 되짚어 가면서 남궁혁은 빠르게 달렸다.

손도 놀고 있지는 않았다.

왼손, 오른손 할 것 없이 등에 짊어진 검, 도, 창을 뽑아들어 닥치는 대로 날려 댔다.

마구잡이로 던져진 무기들은 정확하게 아까 표시한 십자무늬에 퍽! 퍽! 소리를 내며 틀어박혔다.

한참을 정신없이 달려 나가던 남궁혁은 문득 한 갈림길에서 왼쪽을 바라보았다.

모용청연의 기척은 느껴지지 않았다.

신호를 받자마자 검을 찔러 넣고 나간 게 확실했다.

"좋아—!"

남궁혁은 다시 서둘러 동굴 밖으로 빠져나갔다

그가 나가고 나서도 동굴 안은 한동안 조용했다. 폭풍전야처럼.

*　　　*　　　*

산에서 한참 떨어진 곳에서 망을 보고 있던 거지 하나가 빠르게 눈을 비볐다.

방금 뭘 봤다.

근데 아무리 생각해도 이상했다. 자기가 잘못 본 것 같았
다.

눈을 또 비벼 봤지만 그가 본 것이 달라지지는 않았다.

거지는 빠르게 옆에서 졸고 있던 거지를 툭툭 때렸다.

"야, 이 새끼야. 졸지 말고 눈깔 좀 떠 봐."

"왜 때려? 하암— 뭔 일 났나?"

졸고 있던 거지는 버럭 성질을 내면서도 눈을 부비며 잠
을 털어 냈다.

깨운 거지가 그를 못마땅하다는 듯 흘겨보았다.

"대장한테 이른다. 요로코롬 중요할 때 졸았다고."

"헛소리 하지 말고. 왜 깨운 것이여? 한창 홍월이를 끼고
술이나 질펀 마시려던 참인데, 쩝."

"산이 휘청거렸지 뭐여."

잠이 덜 깬 거지가 눈을 잔뜩 찌푸렸다.

뭐?

산이 휘청거려?

"그게 뭔 개소리여. 졸았냐? 이 중요한 순간에 졸어?"

상황이 역전됐다. 졸던 거지가 타구봉을 꺼내 들어 깨운
거지를 마구 때렸다.

깨운 거지도 마냥 맞아 주지는 않았다. 새끼 거지 때부터 요녕성의 그 지독한 할미 거지에게 타구봉으로 엄청나게 맞아 가며 무공을 전수받은 그가 아니던가.

거지가 마치 술에 취한 듯 흐느적한 몸짓으로 타구봉을 피한 후, 억울하다는 듯 소리쳤다.

"아니거든? 분명 봤다니까? 산이 이렇게 휘청거렸다고, 마치 술 취한 놈팡이처럼!"

"어이구, 아무리 생각해도 취한 건 네놈인 거 같은데. 어디 보자, 킁킁."

"싸구려 죽엽청 한 홉 구경한 지가 언제 적인데 이놈의 거지가 미쳤나?"

"미친 건 네 눈깔 아니냐? 어떻게 산이 그리 미친놈처럼 휘청거려?"

"휘청거린 걸 휘청거렸다고 하지 그럼 뭐라 한다?"

그때.

쿠구구구구궁―!

두 거지의 시선이 잽싸게 한 곳으로 향했다.

휘청거렸다던 그 산이었다.

그곳에서 산이 비비 틀리며 가라앉고 있었다.

"저, 저게 뭐시여?!"

무슨 전설 속에나 나올 법한 광경에 두 거지는 입을 쩍 벌렸다.

산의 여기저기에서는 뿌연 흙먼지가 벽력탄이라도 터진 것처럼 뭉게뭉게 피어올랐다.

놀란 날짐승들이 하늘로 날아오르고, 거지들의 주변에 있던 초목도 거칠게 가지와 이파리를 흔들었다.

"저건가?! 그 남궁장인가 소가주가 얘기했던 신호라는 것이?"

두 거지가 놀란 눈으로 서로를 돌아보았다.

그러고는 언제 아옹다옹했냐는 듯 서둘러 발을 재게 놀리기 시작했다.

"때가 되면 바로 알 거예요. 뭐가 신호인지. 그때 빨리 그 틈을 빠져나가세요."

모용세가의 천라지망에는 딱 하나의 구멍이 있었다.

바로 모용세가원들이 모여 있는 그 산!

말하자면 근거지나 다름없는 곳인데 설마 이곳을 지나가겠냐며, 여기만은 비워 둔 것이다.

그런데 산이 비틀리고 동굴들에서 흙먼지가 풀풀 올라오니, 모용세가 사람들은 거기에 정신이 팔려 있을 게 틀림없었다.

그 틈을 타 발이 빠른 개방도들을 요녕성 밖으로 내보낸다!

그것이 남궁혁의 제일 목표였다.

그들 외에도 수십, 수백의 개방도가 재빠르게 몸을 날렸다.

전부가 요녕성 밖으로 빠져나가는 것은 아니었다.

무림맹과 대문파, 그리고 개방 분타로 가는 것은 오십이 안 되는 소수.

나머지는 그들이 빠져나갈 수 있도록 돕는 역할이었다.

흙먼지가 뭉게뭉게 피어오르는 무너진 산등성이 여기저기에서 싸움이 벌어지는 소리가 요란하게 나기 시작했다.

그리고 그 틈을 타, 몇 명의 거지가 멀리 도주하는 데 성공했다.

이 모습을 멀리서 지켜보고 있던 남궁혁은 안도의 한숨을 쉬었다. 바깥에 이 소식을 알리는 데만 성공한다면 반쯤은 목숨을 보장받은 거니까.

남궁혁은 산 너머에서 시선을 뗐다. 그리고 모용청연과 약속한 장소로 서둘러 뛰어갔다.

왼쪽 갈림길에 두고 떠나갈 때, 모용청연의 눈빛이 왠지 심상치 않았다.

"그럼 이따가 밖에서 보자. 딴 데로 새지 말고 꼭
약속 장소로 가야해, 알았지?"

남궁혁은 아까 그 말을 하고 곧바로 뒤돌아서 뛰어갔다.
모용청연의 대답을 듣지 않은 채.

하지만 들었다. 분명히 들었다.

아주 모기만큼 작은 목소리로, 그녀가 '미안해, 혁아'라
고 말하는 것을.

'제발 있어라……!'

설마설마하긴 했지만 불길한 생각이 엄습했다.

홀로 세가의 결정에 반대해 단식투쟁도 불사했던 모용청
연.

그런 그녀가 이 상황에서 내릴 결정은 빨랐다.

동귀어진.

세가의 불명예를 짊어지고 가족들과 함께 목숨을 끊으려
할 것이다.

그럴 수는 없었다. 그래선 안 됐다.

남궁혁이 모용청연을 돕겠다 한 건, 그녀의 죽음을 방조
하겠다는 뜻이 아니었다.

'제발!'

하지만 남궁혁이 약속 장소에 도착했을 때, 모용청연의

모습은 보이지 않았다.

나무와 풀, 흙 따위를 적신 피와 부러진 검들만이 남궁혁을 반길 뿐이었다.

남궁혁은 서둘러 달려가 부러진 검들을 살폈다.

모용청연의 것은 아니다.

놀란 가슴이 순식간에 안정되는 것을 느꼈다.

하지만 분명 양질의 검. 모용세가의 검이다.

주변을 더 살피자 모용가 무사들의 시체 두세 구가 있었다.

검상을 살피자 낮은 높이에서 공격당했다는 것이 드러났다. 모용청연이 세가 사람들에게 살수를 쓴 것이다.

고작 이 정도 녀석들이 무서워서 모용청연이 도망치지는 않았을 것이다.

남궁혁은 침음을 삼키며 먼 산을 바라보았다.

폭삭 주저앉아 여기저기서 뿌연 흙먼지가 피어오르는 산.

그의 두 눈이 한 곳을 응시했다. 모용세가의 근거지가 있다고 들은 곳이다.

망설임은 짧았다. 남궁혁은 모용가 무인들의 시신에서 가장 상태가 괜찮은 검을 골라 집어 들었다.

아까 쓰던 검마저 산의 맥을 파괴하는 데 써 버렸으니까.

그리고 망설이지 않고 모용세가의 거점을 향해 달려 나갔다.

남궁혁의 신형이 빠르게 나무와 나무 사이를 스쳐 지나갔다.

목숨이 위험할지도 모른다.

남궁혁이 아무리 화경의 고수라고 해도, 지금 그가 가는 곳은 한 거대 세가의 핵심이 모여 있는 곳.

아까의 정맥 파괴로 얼마나 많은 무인들이 피해를 입었을진 모르겠지만, 남궁혁이 상대하기 버거운 이들이 아직도 많이 남아 있을 것은 확실했다.

살기 위해서 이번 일을 벌인 것과는 정 반대의 결정.

하지만, 애초에 요녕으로 온 것은 모용청연 때문이기도 하지 않았던가.

이번 삶에서 첫 번째 친구가 되어 줬던 소녀. 답장을 성실히 보내지 않아도 옆에서 재잘재잘 떠드는 것 같은 글씨로 꼬박꼬박 편지를 보내 주던, 서로에 대해 모르는 것이 거의 없는 십년지기 친구.

그런 친구가 홀로 사지에 걸어 들어가는 것을 방관한다면, 여태껏 무공을 익힌 의미가 어디 있겠는가?

의와 협을 실천하기 위한 수양이 바로 무공인데.

지금 모용청연이 죽도록 내버려 두는 것은 바로 의리를

저버리는 행위였다.

한참을 달려 나가던 남궁혁의 귀에 요란한 싸움 소리가 들렸다.

검과 검이 부딪치는 소리.

그중에서 유독 한 소리가 귀에 박혔다.

짧고 가벼운 검, 날렵한 쾌검이 바쁘게 움직이는 소리가.

못 알아들을 리가 없었다. 누가 만든 검인가. 자신이 처음으로 만든 검의 소리를 못 알아듣는다면 장인으로서 실격이었다.

빠르게 싸움이 일어나고 있는 곳으로 달려가자, 모용청연이 칠 대 일로 싸우고 있었다.

상대는 역시나 모용세가의 무사들. 상황은 비등비등 했다.

하지만 상대들의 실력도 결코 부족하지 않은 데다가 숫자가 많아서 모용청연은 순간순간 위기에 몰렸다.

원래대로라면 더 불리한 상황이어야겠지만, 자신들의 아가씨에게 함부로 살수를 쓸 수 없어서 나름 균형을 유지하고 있는 모양이었다.

"청연아!"

"웬 놈이냐!"

"저놈을 막아!"

남궁혁이 싸움에 끼어들자 그들 중 세 명이 남궁혁 쪽으로 방향을 바꿨다.

어쩐지 처음 만났을 때가 떠오르는 상황.

그때도 남궁혁은 자매를 둘러싼 많은 살수들 중 일부를 처리해 그들에게 도움을 주었다.

물론, 그때와 지금 남궁혁의 실력은 천지 차이지만.

"크윽!"

남궁혁의 현란한 검초에 부상을 입은 모용세가의 무인 하나가 뒤로 물러섰다.

익숙지 않은 검이라 모양새가 다소 어설펐지만, 남궁혁은 세 명의 절정고수를 상대로 잘 싸우고 있었다.

남궁혁이 원래 쓰는 검은 남궁세가의 무공에 맞는 중검.

반면 남궁혁이 지금 쥐고 있는 모용세가의 검은 가볍고 정교한 쾌검을 구사하는 검법의 특징에 맞춰진 탓에 지극히 가볍다.

모용청연이 들고 있는 검만큼은 아니지만, 그야말로 장작과 버드나무 가지의 차이.

하지만 그것이 검의 예리함을 무디게 만들지는 못했다.

남궁혁이 누구인가. 대장장이다.

보통의 무인이라면 자신의 검법에 맞는 검이 아니면 허둥대기 마련이지만, 그의 손을 거쳐 간 경검(輕劍)만 수백 자루.

어느 검을 쥐든 길이, 무게중심, 균형이 온몸으로 전해진다.

동급의 고수가 아니라 지금처럼 몇 단계 아래를 상대하는 데, 검이 다르다는 것은 제약이 될 수 없다.

이것이 바로 장인. 무기로서의 '검'에 관해서라면 검성조차 남궁혁과 상대가 되지 않는다.

"젠장! 한 명 더 이쪽으로!"

수세에 몰리자 놈들이 모용청연 쪽에 붙어 있던 사람을 하나 더 불러냈다.

그것은 오히려 역효과를 불러왔다.

모용청연이 남은 세 사람을 거세게 밀어붙이기 시작한 것이다.

"하압—!"

"으악!"

"청연 아가씨!"

두 명도 문제없이 밀어붙이던 남궁혁이 세 명을 상대해 주니, 부담을 덜은 모용청연이 본격적으로 실력을 발휘하기 시작했다.

모용세가의 무사들이 모용청연의 이름을 불러 대며 사정했지만 그녀는 봐주지 않았다.

그 말이 무슨 뜻이냐 하면, 살수를 펴기 시작했다는 뜻이다.

평생을 알고 지낸 가족 같은 사람들을 상대로.

"모두 물러나라!"

모용청연의 인정사정없는 검초, 그리고 남궁혁의 무지막지한 실력에 순식간에 네 사람이 깊은 부상을 입었다.

그들 중 대장으로 보이는 자가 물러나라고 크게 외치고는 남궁혁 쪽을 바라보았다.

그는 대화를 원하는 듯 손을 들어 보였다. 자신들의 실력으로 감당할 수 없는 상대라는 것을 이제야 깨달은 건가.

모용청연은 그들이 물러나자 그 자리에서 숨을 몰아쉬었다. 온몸을 금제하는 점혈에서 풀려난 지 고작 하루.

아무리 영약을 복용했다지만 솔직히 저만큼 움직이는 게 신기한 상황이었다.

모용세가의 무사는 잔뜩 경계하는 눈으로 남궁혁을 바라보며 물었다.

"대체 누구시기에 세가의 일에 끼어 드시는 겁니까?"

"제 신분이 중요합니까?"

"이곳은 모용세가의 영역이고, 여기서 일어나는 일은 모용가 내부의 일입니다. 외부인께서 함부로 참견하실 일이 아닙니다!"

순순히 넘어가진 않겠는데.

남궁혁의 등에 식은땀이 흘렀다.

이번 일은 계속해서 긴장의 연속이었다.

서로 연결된 벽력탄을 하나 둘 해체해 나가는 것처럼.

작은 끈이라도 잘못 당기면 전부 터지고 만다.

"이름을 알려드릴 수 있으면 좋겠지만, 사문의 명 때문에 그건 곤란할 것 같군요."

남궁혁은 한껏 무게를 잡았다.

있지도 않은 사문을 팔아먹고, 멀쩡히 있는 이름도 못 가르쳐 주겠다고 배를 째면서.

이게 다 상대가 모용세가 사람들이어서였다.

모용세가는 이미 남궁혁을 두 번이나 습격한 입장.

아무리 하급무사라도 자신에 대한 정보는 알고 있을 것이다.

모용가주와 대립하는 모용청연을 돕는 누군가라는 것만으로도 공격을 받을 충분한 이유가 있는데, 본래 정체를 들켜 버리면 더 골치 아파진다.

다행인 점이라면 하급무사라 얼굴까지는 모른다는 것이려나.

"신분을 밝힐 수는 없지만, 저는 모용 소저와 친분을 쌓아 온 무인입니다. 모용 소저가 가주님과 의견이 틀어져 쫓겨 다니는 것을 돕고 있었습니다."

예의바르게 얘기하자 저 쪽의 기세가 조금 누그러졌다.

혹시 저 사람들, 모용세가 내에서 청연이 편을 드는 사람들인가?

그렇다면 얘기가 좀 더 쉬워질 텐데.

"모용 소저는 이대로 세가와 연을 끊으려고 했지만, 제가 가주님과 한 번 더 얘기를 해 보라 설득을 했지요. 그래서 여기까지 온 겁니다."

"그게 정말입니까, 아가씨?"

무사들과 남궁혁의 시선이 모용청연을 향했다.

모용청연은 난감한 듯 남궁혁을 마주보았다.

『지금 나보고 거짓말을 하라는 거야?』

『이 사람들을 다 베고 지나가는 것보단 낫지. 반응을 보니까 너에게 호의적이던 사람들인 거 같은데. 아냐?』

빠르게 전음이 오고갔다. 모용청연은 갑작스러운 전투로 숨을 고르는 척하면서 시간을 끌었다.

"맞아요. 한 번 더 아버지를 설득해 보려고 왔어요. 지금이라면 마교의 손을 놓을 수 있으니까."

"아, 아가씨!"

외부인의 앞에서 마교를 언급한 탓인지 무사들이 당황하며 모용청연을 불렀다.

"우리가 그저 그런 중소문파인가요? 우리는 모용세가에 요. 대 모용세가! 우리가 왜 마교의 하수인마냥 이런 데 숨어서 마교를 위한 제단 따위를 만들고 있어야 하죠?"

모용청연이 악을 썼다. 지금까지 마음속에 쌓여 있던 울분을 토해 내는 것처럼.

그건 분명 효과가 있었다. 무사들의 눈빛이 흔들리기 시작했다.

"그래도 만약 나를 막을 생각이라면 하는 수 없죠. 전력으로 상대하겠어요."

모용청연의 얼굴이 딱딱하게 굳었다. 무사들은 잘 알고 있다. 그들의 작은 아가씨는 저런 표정을 지을 때 가장 무섭다는 것을.

좀 전에도 망설임 없이 살수를 펼쳤던 그녀다.

원래대로라면 자기들쯤은 쉽게 베어 버리고 지나갈 수 있는 실력.

같은 집안 사람이라 망설이지만 않았다면 벌써 자기들의 목은 땅에 떨어졌으리라.

아무리 무(武)에 목숨을 바친 자들이라지만 목숨이 아깝지 않을 리가 없다. 특히나 그게 정사대전 같은 것도 아니고, 의와 협 때문도 아닌 집안싸움 때문이라면.

"으음……."

모용가의 무사들은 고민에 빠진 듯 서로를 돌아보았다. 아무래도 전음으로 의견을 나누는 모양이었다.

그러나 결론을 내리는 것은 빨랐다. 아까 남궁혁에게 말을 걸었던 무사가 고개를 끄덕였다.

"알겠습니다. 그러면 저희는 아가씨와 동행하겠습니다."

"무슨 소립니까? 그대들의 위치를 지켜야지요."

"그, 그렇지만 아까 큰 소리가—"

"지정된 위치를 지키는 건 세가 무사들의 기본 아닙니까? 특히나 아까처럼 큰 소리가 났을 때는 습격일 수도 있으니까 더더욱 자리를 지켜야지요. 어차피 어르신들이 계시는 곳에는 여러분보다 더 뛰어난 분들이 계시니까, 여러분이 가 봤자 방해만 될 겁니다."

평소에 말을 많이 하는 성격이 아닌 남궁혁의 혀가 바쁘게 굴러갔다.

상대가 마교거나 하면 그냥 싸워서 꺾고 넘어가면 될 텐데.

하필이면 모용청연과 같은 집안사람인 데다가, 마교와의 결탁에 아무런 의사결정권이 없었을 사람들을 해치고 싶지 않았던 탓에 말이 길어졌다.

남궁혁에게 모용세가의 일을 낱낱이 털어놓으며 울었던 모용자매의 유모도 그러지 않았나. 아랫사람들은 마교와 결탁한 것이 내키지 않는다고.

다행히도 무사들은 남궁혁의 현란한(?) 말솜씨에 넘어갔다.

"그러면…… 저희는 원래 자리로 돌아가겠습니다."

"고마워요."

모용청연이 살기를 거두자 그들에게서도 안도의 한숨 소리가 흘러나왔다.

무사들이 고개를 꾸벅 숙이고 저 멀리 물러나자 남궁혁이 중얼거렸다.

"단순한 사람들이라 다행이야."

남궁혁의 말에는 상당한 모순이 숨어 있었지만 무사들은 눈치를 채지 못했다.

남궁혁도 그들을 죽이고 싶지 않았고 그들도 죽고 싶지는 않아 보였으니, 부족한 눈치가 서로에게 좋은 결과를 낳았다 할까.

사람 목숨이 파리도 아니고, 마교가 언제 다시 나타날지 모르는 상황에서 정파 무인은 아낄수록 좋지 않은가.

대문파들의 오랜 경험 덕분에 절정이니 초절정이니 하는 무인들이 넘쳐 나는 실정이지만 그들이 결코 한두 해에 만들어지는 건 아니니까.

모용청연도 다행이라는 듯 어깨를 늘어트렸다. 하지만

여전히 얼굴에는 긴장이 감돌고 있었다.

그녀는 슬슬 소란스러워지는 산 반대편을 힐끗 바라보고는, 다시 남궁혁을 보았다.

"왜 도와준 거야?"

"그걸 말해야 알아?"

이럴 땐 '친구니까.'라고 말하는 것도 너무 뻔하고 진부했다.

말이 더 필요한가, 그와 모용청연의 사이에?

"날 막을 줄 알았어."

모용청연은 남궁혁의 말을 알아들은 듯, 샐쭉한 얼굴로 고개를 돌렸다.

그래, 저래야 모용청연이지. 남궁혁은 오랜만에 보는 친구의 진짜 모습에 미소를 지었다.

"쓸데없는 희생은 피하면서 가자. 속으로 무슨 생각을 하는지는 모르겠지만 넌 어쨌든 모용세가의 사람이잖아. 가족 같은 사람들을 베는 경험은 적을수록 좋지."

"안 물어볼 거야? 내가 가서 뭘 할 생각인지."

"별로. 안 궁금해."

남궁혁은 어깨를 으쓱였다. 진짜로 안 궁금했다. 어차피 이 상황에서 도망치는 게 아니라면 선택지는 뻔하지 않은가.

"뭐가 됐든 널 돕기 위해서 온 거니까. 아, 네가 죽을 생각으로 가는 거면 방해할 거지만. 그게 아니라면 난 전적으로 널 도울 거야."

"……좋아. 네 도움을 받으려면 절대 죽지는 말아야겠네."

농담을 던지는 것까지, 완벽하게 남궁혁이 알던 모용청연이다.

역시 혼자 있는 것보다는 친구와 함께라는 것이 그녀에게 마음의 안정을 준 모양이었다.

남궁혁이라고 모용세가로 쳐들어가는 일이 긴장이 안 될 리 없었지만, 모용청연을 안심시키기 위해 최대한 여유로운 척 굴었다.

"도와줄 거면 목적은 알아 놔. 그래야 헛짓거리를 안 하지."

"좋아. 뭔데?"

"아버지와 결판을 낼 거야."

모용청연의 눈빛은 그동안 남궁혁이 보아 왔던 그 누구의 것보다도 결의에 차 있었다.

"그럼, 가자."

"정면으로 들어가면 귀찮을 텐데. 그리고 거긴 막혀 있을지도 몰라. 방법 있어?"

남궁혁의 말에 모용청연이 왼손으로 한 방향을 가리켰다.

　"반대편으로 가면 온통 얼어붙어 있는 계곡이 있어. 나랑 언니는 설곡이라고 부르는데, 거기로 가면 공동으로 바로 들어갈 수 있어."

　"설곡?"

　남궁혁의 눈이 커졌다. 설마 빙연과가 열리는 그 설곡?

　"나랑 언니의 비밀 장소야. 몇 년 전에 발견했어."

　모용자매가 설곡을 발견했다니. 상당히 놀라운 사실이었다.

　이전 삶에서 모용세가는 설곡의 위치를 찾다가 산이 무너져 무사들이 전멸하는 바람에 빙연과의 수색을 중단했다.

　어쩌면 이 또한 남궁혁의 영향일지도 모른다.

　이전 삶에서는 일찍 죽었어야 할 모용청경이 남궁혁 덕분에 살아 남았으니까.

　"서두르자. 설곡으로 가는 길은 이쪽이야."

　먼저 성큼성큼 발을 옮기는 모용청연의 얼굴은 어쩐지 쓸쓸해 보였다.

　"잠깐만. 딸랑 우리 둘이 가는 거야?"

　"그럼 어떡해. 방법이 없잖아."

　모용청연은 샐쭉한 얼굴로 돌아보았다.

"어휴, 이 아가씨야. 아무리 네가 가주님 딸이라지만 다른 사람들도 아까 그 무사들처럼 순순히 속아서 보내 줄 거 같아?"

"타박만 할 거면 따라오지 마."

"잠깐 기다려. 누가 타박만 한댔어? 다 대책이 있으니까 하는 말이지."

먼저 앞서 나가기 시작한 모용청연을 남궁혁이 서둘러 붙잡았다.

"대책?"

"제 일 안이 무사히 완료됐으면 제 이 안이 시작되어야지."

"제 일 안은 산이 무너진 틈을 타 개방도들을 각 무림맹 지부에 보내는 거였고, 제 이 안은 뭔데?"

"무림맹 지부로 달려간 거지는 오십 명 밖에 안 돼. 내가 대장 거지한테 부탁한 거지는 삼백 명이 넘고. 그렇다면 여기서 문제, 나머지 삼백 명은 어디 있을까?"

모용청연의 두 눈이 크게 떠졌다. 남궁혁은 회심의 미소를 지었다.

"설마…… 너 이 모든 걸 예상했던 거야?"

"준비는 철저할수록 좋으니까. 상대는 모용세가잖아. 오대세가 중 하나. 대충 준비하고 뛰어들 수는 없지."

"네가 내 편이라니 든든한걸?"

"그럼, 든든해야 너를 따라온 보람이 있지. 빨리 거지들과 합류해서 설곡의 입구로 가자."

남궁혁은 거지들이 기다리고 있는 약속 장소로 서둘러 앞장섰다.

마음이 급했다. 이 기습은 모용세가의 사람들이 아무것도 몰라야 효과적일 테니까.

쉽지는 않으리라.

아무리 삼백의 거지 떼와 함께한다고 해도 상대는 오대세가 중 하나.

주요 전력이 많이 빠졌다고 해도, 아까의 산사태로 정말 많은 이들이 죽거나 다쳤다고 해도, 무조건적인 승리를 장담할 수 없다.

하지만 뒤에서 따라오는 모용청연을 위해서, 남궁혁은 어깨에 단단히 힘을 주었다.

*   *   *

무너진 동굴 속.

모용세가의 가주인 모용태환은 침음을 삼키며 자리에서 일어섰다.

"……난장판이군."

이상을 감지한 것은 반 각도 전이었다.

뛰어난 무인답게 모용태환은 남궁혁이 일으킨 산사태를 감지했다.

그러나 어디까지나 주변의 기가 이상하게 요동친다는 것을 느꼈을 뿐, 산이 무너질 것이라고는 생각하지 못했다.

그도 그럴 것이, 너무나 이상하게 무너졌기 때문이다.

보통 벽력탄을 쓴다든가 지반이 약해서 무너지는 경우, 동굴은 천정부터 무너진다.

그런데 이번에는 누가 산을 쥐어짜기라도 한 듯이 온 벽면과 천정이 비비 꼬이면서 무너졌다.

주변의 기 또한 상황이 비슷해서, 기감이 뛰어난 무인들도 이게 무슨 상황인지 몰라 손도 못 쓰고 떨어지는 바위에 깔려 버렸다.

모용태환을 비롯한 몇몇 이들은 가벼운 부상에 그쳤지만 일부는 팔다리의 뼈가 바스라졌고, 그보다 많은 숫자가 단말마와 함께 목숨을 잃었다.

수십 년간 다져온 무공도 백만 근의 무게 앞에서는 아무 소용없었다.

제단이 있는 동공 내부는 아수라장이었다. 아직 탈출하지 못한 이들을 구하기 위해 사람들은 검을 내려놓고 돌무

더기를 옮기기 시작했다.

심각한 부상을 입은 자들은 한구석에 짐처럼 쌓여 갔다.

척 봐도 거동이 어려운 자들이 한둘이 아니었다.

그 모습은 마치 한 차례 전투가 휩쓸고 지나간 전쟁터를 방불케 했다. 아주 속수무책으로 당하기만 한 전쟁터.

"가주님, 괜찮으십니까!"

"그래. 나는 괜찮다."

모용태환은 부러진 오른팔을 티 내지 않고 애써 아무렇지 않은 표정을 지어 보였다. 이럴 때일수록 가주로서 위엄을 지켜야 하니까.

물론 속은 그 어느 때보다도 타들어 가는 중이었다.

모용세가와 밀약을 맺은 마교가 비밀 지부를 들키고 중원 전체에서 물러나 다음을 기약해야 했을 때도 지금 정도로 낙담하지는 않았다.

마교를 지원하긴 했지만 모용세가가 큰 피해를 입은 것은 아니니까.

하지만 지금 이 상황은 뭔가.

중원 무림과 일전을 치르기도 전에 산사태 때문에 많은 무사들이 피해를 입었다.

뼈가 부러지거나 근육에 손상을 입은 이들이야 오랜 시간 정양하면 된다지만, 죽어 나간 이들의 자리는 언제 어떻게 메울 것인가.

마교와 손을 잡고 세가의 무사들이 한마음 한뜻으로 뭉쳐야 할 지금 같은 때는 새로운 인력 충원조차 쉽지 않다.

모용태환은 탄식하며 무너진 동공의 천정을 바라보았다.

'이것이 하늘의 뜻인가? 정녕 모용의 이름이 중원을 울리기에는 부족한 것인가?'

쓴 물을 삼키던 그의 귀에 요란한 소리가 들리기 시작했다.

멀리서 들려오는 소리. 또 돌들이 무너지는 것인가 싶기도 했지만 모용태환의 귀는 돌과 철이 내는 소리를 구분할 줄 알았다. 그것이 아무리 먼 거리에서 들려오는 소리라고 해도 말이다.

'검격?'

모용태환의 눈매가 가늘어졌다. 검격이라니.

설마, 습격인가?

이곳의 위치는 아무도 몰랐다. 세가 전체가 비밀 엄수를 위해 얼마나 노력했던가. 특히 개방이나 하오문 같은 정보 단체가 수상쩍은 기미를 알아차리지 못하게 모용세가는 신중에 신중을 가했다.

그랬던 이곳에 침입자가 있다.

비밀. 내부자. 마교. 천마신녀. 밀고. 도망. 모용청연.

모용태환의 머릿속으로 몇 가지 단어들이 빠르게 스쳐 지나가며 하나의 답을 만들었다.

어떤 수를 썼는지 가문 전래의 금제를 풀고 도망친 자신의 막내딸이 돌아온 것이다.

아비를 칠 검을 손에 들고서.

"아버지."

저쪽에서 부상자들을 살피고 있던 모용청경이 얼굴을 굳히고 달려왔다.

그녀 또한 저 바깥의 소리를 들은 게 분명했다.

모용청경의 옷깃 또한 찢어지고 피가 묻어 있었지만, 그녀의 상태는 괜찮아 보였다. 저 또한 마신의 가호인 건지.

"다치셨나요?"

딸의 시선이 자신의 오른팔에 닿자 모용태환이 슬쩍 몸을 비틀며 팔을 감췄다.

"아버지께선 여기서 쉬고 계세요. 제가 나가 보겠습니다."

"알았다."

"검을 들 수 있는 사람은 스무 명 정도만 나를 따르세요!"

모용청경의 말에 사람들이 돌을 치우다 말고 우르르 몰려들었다.

그중 스무 명 정도를 골라낸 모용청경이 그들과 함께 소란이 들리는 곳으로 빠르게 이동했다.

그 뒷모습을 보던 모용태환의 입에서 옅은 한숨이 새어 나왔다.

언제나 자신의 뒤를 이을 아들을 원해 왔고, 첫째인 모용청경이 아들이 아님을 통탄해 왔던 모용태환이었다. 하지만 지금처럼 의지가 되는 모용청경을 보자, 아무래도 상관없다는 기분이 들었다.

*　　　*　　　*

설곡으로 들어가는 입구는 난장판이었다.

남궁혁과 모용청연은 서둘러 거지들을 이끌고 설곡으로 향했다.

동굴로 들어가는 주요 입구가 다 무너져 내린 판이라 그쪽으로 진입하려던 거지들은 방황하고 있었다.

그랬던 것을 남궁혁과 모용청연이 수습해 설곡의 입구 쪽으로 진입한 것이다.

심마니도 혀를 내두를 법한 외진 길이었지만 남궁혁에게 이쯤이야 문제가 아니었다.

모용청연도 마찬가지였다. 애초에 이 길은 그녀와 그녀의 언니가 발견한 그들의 비밀 장소였으므로.

거지들은 온갖 험한 말을 내뱉으며 오르기 쉽지 않은 길을 욕했지만 그들도 제법 잘 따라왔다. 어찌 됐건 그들도 무공을 익힌 무인이고, 이보다도 더 험한 곳에서 잠도 자고 밥도 빌어먹는 인간들이 거지 아니던가.

그렇게 팔팔하게 계곡을 타고 올라온 이들과, 방금 전의 산사태로 다치고 놀란 무사들이 상대가 될까.

"하핫, 이 거지의 타구봉을 받아라!"

"네놈들의 검은 아주 맹탕이로구나!"

거지들은 신이 나서 설곡 입구의 무사들을 밀어붙였다.

몸 상태도 그랬지만 쪽수 또한 상대가 되지 않았다.

남궁혁이 데려온 거지들의 수는 약 일백.

실력이 비등한 상태에서 숫자는 문자 그대로 힘이다.

모용세가의 무사들이 젖 먹던 힘까지 짜내 저항했지만 그야말로 속수무책이었다.

여기저기서 경쾌한 타구봉 소리가 눈 쌓인 계곡 사이로 울려 퍼졌다.

개방의 거지들은 그간 모용세가에게 쌓인 게 꽤 많았던 모양이었다. 그렇지 않고서는 이미 무력화된 상대를 저렇게 농락하면서 두드려 팰 리가 없었다.

하긴, 개방이 그간 모용세가에 쌓인 게 없었다 하더라도 어제 지부장의 비밀 지부를 공격받은 입장이 아니던가.

그걸 생각하면 저렇게 화풀이를 하는 것이 이해는 갔다.

"그래도 저거 꽤 아픈데……"

구걸과 대련을 하며 많이 맞아 봐서 알았다. 그때는 겨우 절정을 넘겼을 때라 맞기도 많이 맞았으니까.

그때와는 천지 차이라고 할 만큼 성장한 남궁혁은 실력자 두셋을 상대하면서도 다른 이들을 관찰 중이었다.

모용청연도 벌써 두 명을 쓰러트렸다. 남궁혁이 그녀에게 뒤로 물러나 체력을 아껴 놓으라고 얘기했는데도, 하여간 다혈질이었다.

이때까지만 해도 아주 여유로웠다. 동굴 안까지 진입하는 것은 식은 죽 먹기처럼 보였다.

상대하던 세 명의 무사들을 전부 꺾어 버린 다음, 개방 사람들이 나머지 조무래기들을 정리하는 동안 남궁혁은 설곡의 연못가로 다가갔다.

사실 이곳에 온 목적 중 하나가 이것이니까.

남궁혁은 크게 숨을 들이쉬었다. 가벼운 전투로 달궈진 몸이 차가운 공기로 인해 삽시간에 식어 가기 시작했다.

칼바람과 흩날리는 눈, 그리고 시리도록 차가워 보이는 연못.

그 가운데 아름답고 고고하게 피어 있는 연푸른색의 연꽃.

하늘색 연꽃을 본 적은 없지만 저것이 바로 빙연과가 열리는 빙연화(氷淵花)이리라.

빙연화 주변으로 마치 서리가 낀 것 같은 표면을 갖고 있는 주먹만 한 열매들이 달려 있었다.

연못 주변에 장대가 잔뜩 놓여 있는 것으로 봐선 모용세가의 무인들이 이것을 따고 있던 모양이다.

빙연과의 갯수는 어림잡아 다섯 개 정도.

생각했던 것보다는 많았지만 빙연과를 얻으려던 목적 자체가 기린대를 비롯한 남궁장인가 무사들의 실력 향상에 있었으니 그걸 생각하면 턱없이 부족한 숫자였다.

게다가 주변의 눈도 많다. 특히 개방.

지금 당장은 몰라도 저게 영약이라는 걸 누군가 알게 될지도 모른다. 정보 문파인 그들이 그걸 놓칠 리가 없었다.

'흠…… 나누긴 좀 아까운데.'

구파일방 중 가장 친하기도 하고, 그간 거래한 것도 많으니 개방을 챙겨 주어야 할 텐데.

아쉬운 대로 이파리나 꽃까지 정산하면 그럭저럭 수지가 맞을까?

남궁혁이 그렇게 입맛을 다시며 장대를 만지작거리고 있을 때.

"쳐라!"

날카로운 여인의 음성과 함께 다시 싸움이 시작됐다.

놀란 남궁혁이 장대를 든 채로 뒤를 돌아보았다.

'청경누님!'

모용청경이 추풍과 같은 기세로 무사들을 이끌고 계곡 안에서 뛰쳐나왔다.

남궁혁은 빠르게 상대의 숫자를 파악하고 거지들을 향해 크게 외쳤다.

"부잣집!"

남궁혁의 구호에 따라 거지들이 일사불란하게 움직였다.

자유분방하기 짝이 없고 자파 존장의 말도 잘 듣지 않는다는 개방도들답지 않은 모습이었다.

거지들은 여덟 명 씩 한 명을 상대하는 형태로, 두세 명씩 차륜진을 짜듯 번갈아 가면서 공격을 가했다.

'부잣집'이라는 구호는 인원을 셋으로 나눠 차례로 적을 상대하라는 개방의 구호.

부잣집은 하루에 세 번 빌어먹고 그냥 집은 하루에 한 번 빌어먹는 데서 왔다나 뭐라나.

아무튼 할미 거지가 남궁혁에게 이 구호를 알려 주면서, 거지들에게는 남궁혁의 말을 자기 말처럼 따르라고 단단히 일러 두었다.

구걸 탓에 개방 거지들은 천방지축이라는 인식을 갖고

있던 남궁혁도 깜짝 놀랄 정도였다.

개방이 이 정도로 질서정연할 수 있다니!

평소에도 이러면 좀 좋아?

어쨌든 놀람은 잠시 미뤄 두고, 남궁혁에게는 할 일이 있었다.

절정에서 초절정 사이의 실력으로 이루어진 개방의 거지 부대가 상대하지 못할 이들과 대적하는 것.

천무화(千霧花) 모용청경.

그녀가 바로 설곡에서 동굴 안으로 들어가는 입구에 버티고 서 있었다.

모용청경을 꺾지 않는 이상 그 안으로 진입하는 것은 불가능하리라.

남궁혁은 지난번 비밀 지부에서 부딪쳤을 때 모용청경의 실력을 떠올려 보았다.

분명 만만한 상대는 아니었다.

사실 모용청경의 무위는 그리 뛰어난 수준이 아니다.

별호도 천무화, '천 개의 안개꽃'이라는 무공과는 전혀 상관없는 이름이다.

무인으로서는 사실상 치욕이나 다름없는 별호였다.

그녀가 그 별호를 얻었을 때 얼마나 상심했는지, 남궁혁은 모용청연의 편지를 통해 잘 알고 있었다.

그 이후 뼈를 깎는 노력을 했지만 타고난 무재 자체가 엄청난 수준은 아니었기에 괄목할 만한 성취를 보이지는 못했던 그녀.

그랬던 모용청경이 어떻게 자신과 맞먹는 실력을 갖게 되었을까.

그것은 나중에 생각할 문제였다. 당장 중요한 것은, 어떤 방식으로 얻은 무력이든 그녀를 꺾는 것.

남궁혁은 다시금 검을 뽑아 들고 전투가 벌어지는 계곡의 안으로 돌진했다.

단단히 뭉쳐 있던 모용세가의 무인들은 개방도들의 노력으로 하나둘 흩어져 거지들을 상대하고 있었다.

덕분에 모용청경에게까지 가는 데 방해물은 없었다.

하나둘 쓰러지기 시작한 거지들이 걱정되기는 했지만, 압도적으로 실력 차이가 나는 것도 아니니까.

"역시 너였구나."

모용청경이 검을 뽑으며 남궁혁을 바라보았다.

복면을 쓰고 만났을 때와는 또 다른 감각.

자신을 숨길 필요가 없는 모용청경은 더욱 서늘한 얼굴로 검을 휘두르기 시작했다.

남궁혁도 이에 맞서 검을 뽑아 들고 그녀를 상대했다.

사실 검을 맞대기 전에 묻고 싶은 게 많았다.

어째서 마교와 손을 잡기로 한 건지, 왜 그래야만 했는지. 그 엄청난 실력은 대체 어떻게 된 건지.

만나지 못했다 해도 마음으로는 남궁옥만큼이나 아끼는 누님이었으니까.

하지만 지금 그들이 나눌 수 있는 대화는 오로지 검으로만 가능할 뿐.

챙! 챙!

주변에서 울리는 요란한 소리와 함께 남궁혁과 모용청경의 검도 불꽃을 튀기기 시작했다.

남궁혁은 처음부터 검강을 뽑아 올렸다.

산의 정맥을 파괴하느라 상당한 내력이 소모됐다. 장기전으로 갈수록 남궁혁이 불리해질 수도 있었다.

특히나 지금처럼, 상대의 실력이 전혀 가늠되지 않는 상황에서는.

모용청경의 검에도 파르라니 기가 흘러나왔다.

남궁혁의 것처럼 단단하진 않지만, 그 기의 양은 실로 온몸의 털이 곤두설 수준이었다.

"하압—!"

기합 소리와 함께 모용청경이 먼저 달려들었다.

이 전장은 모용청경에게 유리했다. 남궁혁은 이곳의 지리도 몰랐고, 일반적으로 공격하는 쪽보다 수비하는 쪽이 우세하기 마련이니까.

남궁혁은 창궁검법으로 모용청경의 검을 받아 냈다.

대연군림검을 쓸 수 있다면 좋겠지만, 대연군림검은 내력의 소모가 지나치게 크다.

내력 소모가 가장 적은 대연검법은 모용청경이 구사하는 모용세가 비전의 검을 뚫기는커녕 막기도 어렵다.

자질이 부족했건 어쨌건, 그녀는 모용세가의 적통인 것이다.

콰앙―!

"크윽……!"

또 한 차례의 부딪침 후, 남궁혁은 뒤로 두세 발짝 물러나며 검을 바로 세웠다.

장난 아닌데?

남궁혁의 등 뒤로 식은땀이 흘렀다.

모용청경은 개방의 비밀 지부에서 만났을 때보다 더 세진 것 같았다.

자신의 검강이 밀릴 정도라니, 이건 남궁혁의 내공 운용을 뛰어넘었단 소리가 아닌가!

"도와줄게!"

옆에서 날카로운 목소리와 함께, 한 자루의 소검이 다시금 뛰어들려는 모용청경의 검을 막았다.

모용청연이 어느새 자신 몫의 상대들을 꺾고 끼어든 것이다.

남궁혁도, 모용청연도 상태가 썩 좋지 않았던지라, 이 대일이 되니 균형이 맞기 시작했다.

아니, 모용청경이 밀렸다.

모용청연이 모용청경의 검에 대해서 모조리 알고 있으니까.

그녀가 언니의 검이 위력을 발휘하지 못하게 애초에 검로를 차단하고 좋은 자리를 선점하면, 남궁혁이 궁지에 몰린 모용청경을 상대한다.

한 마디 말도 없이 갑작스럽게 이루어진 협공치고는 지나치게 잘 맞았다.

자주 보지 못했다고 해도 역시 십년지기 친구라는 것은 아무래도 남달랐다.

덕분에 남궁혁은 모용청경을 상대하면서 생각할 여유를 찾았다.

상황이 썩 좋지 않았다.

남궁혁과 모용청연이 모용청경을 밀어붙이고, 거지들은 쪽수로 모용세가를 밀어붙이고 있었다.

겉보기엔 괜찮은 상황이지만, 절대 아니다.

남궁혁의 목표는 모용세가의 사람들을 붙잡는 것. 그들

을 붙잡아 마교와의 결탁 사실을 밝히고 요녕성에서 마교의 뿌리를 뽑는 것이다.

그런데 모용세가 사람들이 도망쳐 버리면 모두 헛일이다.

자신들이 우세하긴 하지만 그렇다고 확실히 승기를 잡기도 어려운 이 상황에서는 다 튀어 버릴 가능성이 높았다.

아니, 애초에 시간을 끌고 있는 게 아닐까?

남궁혁은 눈살을 찌푸리며 모용청경의 검을 받아 냈다.

그러고 보니 처음에만 대놓고 검을 맞댔지, 모용청연이 끼어들고 나서는 피하거나 검을 흘리는 수가 더 많았다.

모용청연을 견제하느라 그런 줄 알았는데. 속임수였나.

상황을 타개하는 방법은 하나뿐이었다.

모용청경을 붙잡아 놓고, 남궁혁이나 모용청연 둘 중 하나가 거지들의 반수 이상을 이끌고 안으로 진입해야 했다.

내가 갈까?

하지만 모용청연의 실력으로 지금의 모용청경을 상대할 수는 없었다.

자칫 잘못하다가 양쪽에서 협공당하는 난감한 상황이 될지도 모른다.

차라리 모용청연을 보내면, 설득이라도 할 수 있지 않을까?

모용가주가 남궁혁은 죽이려들지 몰라도, 친딸인 모용청연을 죽이진 않을 것이다.

물론 모용세가가 자신을 죽이려고 한 건 아직도 괘씸했다.

하지만 넓게 보면 모용세가를 설득해서 마교와 손을 끊게 만드는 게 유리했다.

지난번 사태에서 드러난 것이 마교의 전력은 아닐 테니까.

남궁혁은 이전 삶을 통해 마교의 규모가 어느 정도인지 잘 알고 있었다.

아직 그만한 규모를 갖추진 못했겠지만 지금도 충분히 정파를 상대할 만할 것이다.

그를 막기 위해서는 정파의 손실을 최대한 줄일 필요가 있었다.

모용세가를 설득할 수 있다면, 마교는 동맹을 잃고 중원으로 향하는 또 하나의 교두보를 잃으리라.

또한 모용세가는 무림맹에게 탈탈 털리느니 지금이라도 항복해서 세를 유지하는 것이 나을 것이다.

물론 모용세가가 새외와 손을 잡았을 때와 마찬가지로 정파 전체의 미움을 받겠지만.

남궁혁도 모용세가로부터 두 번이나 습격을 당했기에 딱

히 좋은 감정이 있진 않았다.

하지만 큰일을 위해서라면 개인적인 원한은 덮어 두는 것이 맞다.

물론, 마교를 처리하고 난 뒤엔 어떻게 될지 모르는 일이지만, 그건 그 때 가서 생각할 문제고.

남궁혁은 결정을 내렸다.

동시에 검세가 바뀌었다.

더욱 강하게, 더욱 맹렬하게.

모용청경은 갑작스러운 공세에 밀려 몇 걸음을 뒷걸음질 쳤다.

그녀의 얼굴에는 낭패의 기색이 서려 있었다.

지금까지 남궁혁이 전력을 다하지 않았다는 것을 눈치챈 것이다.

그 사이 남궁혁은 모용청연과 말할 여유를 얻었다.

"먼저 가. 누님은 내가 상대할게."

"뭐? 그치만……!"

"아버님을 상대하러 온 거잖아?"

남궁혁의 짧은 말에서 모용청연은 그 의도를 눈치챘다.

그녀의 눈에 빠르게 이채가 서리더니, 곧바로 뒤로 몸을 빼고는 여기저기서 싸우고 있는 거지들을 향해 크게 외쳤다.

"밥물 얹는다!"

"밥물!"

"밥물 얹는 댄다!"

역시나 할미 거지가 알려 준 구호.

가정집들이 밥물을 얹을 시간, 거지들이 모여서 구걸 구역을 나누는 데서 유래한 구호다.

밥과 관련된 구호답게 개방도들이 빠르게 모용청연의 주변으로 모였다.

"안으로 들어가요!"

모용청연이 선두에 서서 거지들을 이끌고 안으로 진입하기 시작했다.

그녀의 뒤를 따르는 개방도의 숫자는 이 자리에 있는 절반.

나머지 반은 그들을 방해하는 모용세가의 무인들을 막기 위해 전력을 다하기 시작했다.

남궁혁은 모용청경을 강하게 밀어붙여 기세를 꺾은 후, 빠르게 거지들이 상대하고 있는 모용세가의 무사들 사이로 뛰어들었다.

대연군림검, 풍류검!

모용세가의 무인들이 여기저기서 쇄도하는 남궁혁의 검에 어쩔 줄 몰라 했다.

역시 다수를 상대할 때는 풍류검이 제일이지!

남궁혁의 난입으로 입구가 뚫렸다. 모용청연이 재빠르게 그 안으로 돌진했다.

"이따 보자!"

"고마워!"

남궁혁의 말에 모용청연이 돌아보지도 않고 대답했다.

하지만 모용청경도 가만히 있지는 않았다.

"보낼 것 같으니!"

"보낼 수밖에 없으실 걸요!"

남궁혁이 검을 공중으로 붕 띄워 가볍게 날렸다.

그러고는 검날을 덥석 잡아 버렸다.

그의 상대인 모용청경이 당황스러울 정도였다. 난전 중에 갑자기 검날을 잡다니?

하지만 곧 의문은 풀렸다.

남궁혁이 잡은 검날이 와장창 부서졌다.

그 단단한 철이 마치 유리라도 된 듯이.

그리고 부서진 조각들은 날카로운 비수가 되어 모용청경과 모용세가의 무사들을 덮쳤다.

"으악!"

"크윽……!"

불운하게도 철 조각을 피하지 못한 거지들 몇 명도 상처를 입었지만, 효과는 있었다.

갑작스러운 공격에 상처를 입은 모용세가의 무사들이 틈을 내준 것이다.

중간에 끼어 옴짝달싹 못할 뻔했던 모용청연이 빠르게 그 틈을 빠져나갔다.

아까 정맥을 파괴할 때 썼던 무기파괴를 응용한 것이다.

남의 검이 아니라 자기 검을 파훼하는 것이므로 오히려 더 간단하고 쉽다.

물론 검을 잡자마자 검의 균형과 약한 부분을 직감으로 알 수 있는 남궁혁에게나 쉬운 일이지, 아무나 할 수 있는 일은 아니었다.

모든 일이 장점만 존재할 수는 없듯 단점도 있었다.

방금 전 거지들이 다친 것처럼 날아가는 방향을 전부 통제할 수 없어서 아군을 다치게 할 수도 있고, 당장 쓸 무기가 사라져 곤란을 겪을 수도 있다.

하지만 지금 상황에서 그건 단점이 아니라 장점이었다.

모용세가 무사들이 다치고 쓰러지면서 떨어트린 무기가 널려 있는 판이니까!

내친김에 남궁혁은 모용세가 무사들이 안으로 들어가지 못하게 잡히는 족족 무기를 파괴해 날려 보냈다.

어디서 날아올지 모르는 날카로운 파편에 모용세가의 무

사들은 하나둘 상처를 입기 시작했다.

반면 거지들은 상처를 입지 않고 오히려 신나게 날뛰었다.

한 다섯 번쯤 무기를 부수다 보니 남궁혁도 슬슬 방향 조절이 된 덕분이었다.

남궁혁의 방해에 모용청연을 쫓아 들어가지 못한 모용청경이 악을 쓰며 외쳤다.

"얕은 수를 쓰지 말고 정정당당하게 싸우자!"

단아한 양갓집 소저 같은 모용청경이 저리 악을 쓰는 걸 보니 남궁혁의 행동에 어지간히도 약이 오른 모양이었다.

"그거 좋죠!"

남궁혁은 일부러 남겨 놓았던 제일 좋은 검 한 자루를 발로 차 공중으로 띄워 잡았다.

모용청경이 외치지 않았어도 슬슬 그만두려고 했었다.

모용청연을 안으로 들여보낸다는 목적도 이미 달성했고, 더 이상 무기 파괴를 할 만한 남는 검이 없었으니까.

다시 한 번 모용청경과 남궁혁이 맞부딪쳤다.

검을 맞댄 채, 남궁혁의 발이 뒤로 부욱 밀렸다.

힘이 달렸다. 단전에 찬 내공의 수위가 발목 정도에서 찰랑찰랑한 수준 밖에 남지 않았음이 느껴졌다.

당연했다. 이 자리에 왔을 때부터 내공을 상당히 사용한 상태였는데, 연달아서 무기를 파괴하며 상당한 내공을 소모하지 않았나.

반대로 모용청경의 검에서는 아까보다 더욱 기세 좋은 검강이 뿜어져 나오고 있었다.

"흔쾌히 응한 것치고는 가소롭구나!"

"얕은 수 하니까 궁금한 게 있는데요, 누님은 지금 정정당당하게 싸우고 있는 거 맞아요?"

"뭐?"

순간 모용청경의 검이 흐트러졌다. 남궁혁은 그 틈을 놓치지 않고 파고들었다.

"제가 누님에 대해서 좀 잘 알죠. 절대 누님의 노력을 폄하하는 건 아니지만, 실력이 이 정도일 리 없다는 건 확실하거든요!"

남궁혁은 한 번 잡아낸 승기를 놓치지 않으려 애쓰며 외쳤다.

어떻게 그만한 경지를 얻어 냈는지는 모르겠지만, 지금까지 상대해 본 결과 검에 대한 이해까지 화경의 실력은 아니었다.

압도적인 내공의 차이는 분명 쉽게 승패를 가르는 요인이다.

하지만 그 내공을 펼칠 수 있게 하는 검법, 보법, 체술,

그리고 실전에 대한 감각이 없으면 그 위력은 반 이하로 떨어질 수 있다.

결국 그런 것이다. 무기라는 건 상대를 해치려고 하는 것이므로, 닿지 않는다면 아무리 내공이 강한들 무용지물이다.

남궁혁이 모용청경의 검의 헛점들을 치고 들어가자 모용청경은 이리저리 휘둘리다가 결국 뒤로 몇 발짝 물러났다.

그녀의 얼굴에는 낭패의 기색이 깃들었다.

"청연이가 그것까지 말하진 않은 모양이구나."

"들을 건 많고 시간은 짧았거든요."

남궁혁의 너스레에 모용청경이 피식 웃고는 아까 남궁혁의 물음에 답했다.

"나는 마교와 거래했단다. 내 혼백을 바치고 마신의 힘을 얻었지."

마신의 힘?

남궁혁이 눈살을 찌푸렸다.

왜 그 생각을 못했을까.

지금까지 마교를 상대하면서 그런 자들을 많이 봤다.

이상한 방법으로 갑자기 내공이 증폭되는 이들.

그들은 전부 폭혈단과 마혈단에 중독된 이들이었다.

모용청경이 그런 식으로 내공을 성장시켰을 거라고 생각

하지 못한 이유는 하나였다.

만약 그 약들을 복용해 내공을 증진시킨 거라면, 모용청경은 지금쯤 죽었거나 마성을 드러내며 광인이 됐어야 했다.

그게 바로 마환단들의 심각한 부작용이었으니까.

하지만 모용청경은 너무나 멀쩡했다.

그 때문에 모용청경이 마신의 힘을 받았을 거라는 추론을 할 수 없었다.

모용청경은 모든 것을 알려 주겠다는 듯 입가에 비릿한 미소를 띠고서 말을 이었다.

"나는 현재 마신단의 단주. 모용세가와 마교의 결합을 증명하는 상징이다. 마신은 내게 화경에 필적할 만한 힘과, 부상을 입어도 금세 나을 수 있는 권능을 내려 주었지."

어쩐지. 분명 남궁혁이 입힌 상처가 있는데도 너무 잘 운신한다 싶었다.

"그거 좀 사기 아닙니까?"

남궁혁의 기준에서는 솔직히 내키지 않는 방식이었다.

누구나 강해지기를 원한다.

하지만 쉽게 얻은 힘은 쉽게 잃는다. 주춧돌을 대충 받치면 들보가 무너지고 지붕이 무너지듯이.

이전 생에 사십 년 넘는 삶을 살면서 보고 배우며 느낀 바가 그것이었다.

물론 쉽게 힘을 얻을 기회 또한 쉽게 주어지지 않는다. 그 때문에 사람들이 이에 유혹당하는 것이다.

노력이 곧 결과로 나타나는 대장장이여서도 있지만, 남궁혁은 삶의 방식 전체에 그러한 태도를 견지해 왔다.

남궁장인가를 운영하는 데 있어서도 그랬다.

그런 그에게 모용청경의 선택은 이질적이었다.

"이 또한 나의 선택이야. 이 힘을 얻기 위해, 가문을 반석에 올리기 위해, 나는 모든 것을 포기했다!"

모용청경의 눈에 불길이 일었다.

자존심이 조금 상했지만 인정할 수밖에 없었다.

어떤 방식으로 힘을 얻었건 모용청경의 눈빛은 진짜였다.

자신이 원하는 것을 위해 모든 것을 바친 여인.

모용세가라는 대세가의 여식으로 자라 온 정체성, 정파인으로서의 신념, 뼈를 깎는 노력을 해 왔던 무인으로의 자존심.

그 모든 것을 버리고 힘을 택한 사람을 경시하는 건 못할 짓이다.

"좋습니다, 정정당당하게 당신을 상대해 드리겠습니다."

남궁혁의 기도가 달라졌다.

모용청경은 침을 꿀꺽 삼켰다.

남궁혁이 내공을 많이 소모했다는 것은 모용청경도 알고 있었다.

하지만 뭘까, 이 압도적인 느낌은.

남궁혁이 기세만으로 상대를 눌러 버릴 수 있을 정도의 고수였던가?

모용청경의 등에서 식은땀이 흘러내렸다.

하지만 되레 그녀의 입가에는 미소가 떠올랐다.

드디어 남궁혁에게 적수로 인정받은 것이다.

무공과 대장장이, 두 분야에서 정파의 신성으로 떠오른 저 엄청난 동생에게.

"오렴! 무인 대 무인으로 싸우자!"

"좋습니다!"

한 여인의 인생과 자존심을 건 검이 남궁혁을 향해 쇄도하기 시작했다.

* * *

설곡 안, 마교의 제단이 있던 동공은 밖에서 거지 떼가 몰려오고 있다는 소식에 난장판이 되었다.

개방의 거지들쯤이야 코웃음을 치던 자존심 높은 무사들

이 다들 하나둘 눈치를 보고 있었다.

그도 그럴 것이, 부상자가 너무 많았다.

평소에도 개방 거지들의 독함은 유명한데, 얼마 전에 개방의 지부를 건드린 지금은 어떨 것인가.

다리를 절고 팔을 들기 힘든 상황에서 거지들의 몽둥이 찜질을 당하고 싶은 사람은 없는 것이다.

게다가 믿었던 모용세가의 원로들이 먼저 슬금슬금 도망을 쳤다.

"자네들이 잘 막아 주게, 우리는 다른 안가에 가 있겠네."

"이럴 때를 위해 우리 모용세가가 자네들에게 급여를 준 게 아니었나! 어서 나가 싸우게!"

이 중에서 가장 무공이 고강할 원로들이 슬금슬금 발을 빼고 자기들은 나가 죽으라고 하는데, 누가 그들을 위해 싸우고 싶겠는가.

아무리 모용세가에 충성을 바친 무사들이라고 해도 개죽음을 당하고 싶진 않았다.

그 모습에 가주인 모용태환은 크게 낙심했다.

이러니 모용세가가 발전이 없는 것이다. 어쩌면 세가 밖이 아니라 세가 안의 문제가 진짜 심각했을지도 모른다는 생각이 들었다.

입으로만 모용천하를 외치고 실질적으로는 아무것도 안 하면서, 세가의 은덕으로 영약을 주워 먹고 내공만 키운 쭉정이들 같으니라고.

하지만 그들이 원로요, 모용세가의 강자인 건 어쩔 수 없는 사실.

그것이 모용세가의 불행이리라.

모용태환은 슬금슬금 도망치는 원로들을 보고 치미는 분노에도 한숨을 푹 쉬고는 장내를 정리하기 시작했다.

"부상자들은 서로 도와 천라지망이 펼쳐진 곳으로 대피하고, 부상이 심하지 않은 자들은 나를 따른다! 거지 놈들을 쓸어버리자!"

"가주님!"

"가주님을 따르자!"

원로들의 몰지각한 행태에 진저리를 치던 이들도 당당하고 우렁찬 모용태환의 외침에 그의 뒤를 따랐다.

그 수가 많지는 않았지만 그래도 기세만은 대단했다.

하지만 그 외침은 오래가지 못했다.

"놈들을 박살 내자!"

"모용세가 놈들! 감히 우리 할미의 초옥을 부쉈겠다!"

한 손에 타구봉을 든 수십의 거지들이 우르르 몰려오기 시작한 것이다.

거지들의 기세는 한층 달아올라 있었다.

자고로 거지가 무서운 점이 이거다. 불이 붙으면 아무도 끌 수 없다.

특히 거지 떼에게 붙은 불길은 마치 산불처럼 거침없이 번져 나가기 마련이다.

"막아라! 거지 놈들 따위에게 못 이기다니 모용세가의 이름에 먹칠을 할 셈이냐!"

모용태환이 목청을 높여 무사들을 독려하고, 후방으로 도망치던 부상자들도 합류했지만 소용이 없었다.

애초에 동공에 남아 있는 멀쩡한 자가 열 명 남짓이었고, 부상자는 없으니만 못한 수준이었으니까.

"에잇, 모자란 놈들."

모용태환이 입술을 깨물며 왼팔로 검을 뽑았다.

모용세가 가주의 상징인 적룡검(赤龍劍)이 모습을 드러냈다.

가늘고 시뻘건 검날이 빠른 속도로 거지들을 유린하기 시작했다.

모용세가의 검은 쾌검. 모용태환은 모용세가의 인물들 중에서도 그 쾌검의 정수를 이뤘다 평가받는 이였다.

쾌검을 구사하기에는 큰 몸집이었지만 이는 탁월한 보법으로 보완했다.

거기에 타고난 힘으로 쾌검을 구사하니, 중검에 못지않은 파괴력이 있었다.

모용태환의 가세에 거지들은 속수무책으로 당하기 시작했다.

비록 부상당한 오른팔 때문에 왼팔로 검을 펼치고 있지만, 거지 나부랭이들을 쓸어버리는 데는 부족함이 없었다.

"감히 거지 놈들이 제 분수도 모르고 모용세가를 쳐? 덤벼라, 이 모용태환이 전부 황천길로 보내 주마!"

모용태환의 활약에 모용세가 무사들의 기세도 다시 오르기 시작했다.

부상자들도 악다구니를 쓰며 덤볐다. 다치지 않은 자들의 방패막이가 되어 주며 밀어붙이자 동공 안의 싸움은 어느 쪽도 우세하지 않게 흘러갔다.

아니, 거지들이 살짝 밀리기 시작했다.

역시 모용태환의 존재가 컸다.

"고작 이 정도 실력으로 대 모용세가를 치려 했단 말이냐!"

한 명의 거지를 베어 낸 모용태환이 시끄럽게 외쳐 댔다.

그 순간 누군가의 검이 모용태환의 앞길을 가로막았다.

빠르고 현란한 검초. 지나치게 근접한 거리에서 쏟아지는 공격. 너무나도 익숙한 모용세가의 검.

"아버지는 제가 상대하겠습니다."

모용청연이 그의 앞을 막아섰다.

그녀를 알아본 모용태환의 눈에 불길이 치솟았다.

세가를 배신한 계집! 모용태환은 이제 모용청연을 자기 딸이라고도 생각하지 않았다.

모든 것이 저년 탓이었다.

저년만 아니었어도 마교와의 결합은 훨씬 손쉬웠을 것이며, 이곳의 위치가 노출되지도, 거지 놈들이 여기까지 쳐들어오지도 못했을 것 아닌가.

"다들 물러서라, 이 계집은 내가 맡는다! 부상을 입긴 하였지만 네년 따위를 상대 못할 내가 아니다!"

"우선 해 보고 말씀하시죠!"

모용청연이 무너진 바위를 박차고 모용태환을 향해 날아들었다.

모용태환은 그녀를 비웃으며 검을 받아 냈다.

가볍다. 날래지만, 그뿐이다.

아무리 후계를 못 이을 딸들에게 관심이 없었다지만 그녀들의 무공 수위에 대해서는 잘 알고 있었다.

가주로서 세가원의 무공에 대해서 알고 있는 게 당연하지 않은가.

모용청연의 무재가 모용청경보다 조금 나았지만, 그래

봤자 겨우 조금이다.

모용태환이 모용청연의 나이에는 벌써 화경을 넘볼 수준이었다.

겨우 초절정에 진입한 모용청연 따위는 자신에게 상처 하나 입힐 수 없으리라.

모용태환은 그렇게 안일하게 생각했다.

모용청연의 검에 의해 얼굴에 생채기가 나기 전까지는.

"각오하시는 게 좋을 거예요."

한 발짝 물러난 모용청연이 숨을 고르며 말했다.

모용태환은 당황한 얼굴로 뺨에 흐르는 피를 닦아 냈다.

너무나 빨랐다.

저 아이가 저렇게 보법이 뛰어났었나?

자신이 미처 알아보지 못할 만큼 검을 빠르게 놀릴 수 있었던가?

모용청연이 펼치는 검식은 전혀 새로운 것이 아니다.

모용태환 그가 직접 가르친 태천지검(太天之劍)과 모용가 여인들이 전수 받는 유성화검(流星花劍)이다.

둘 다 모용세가 검의 기초 중 기초.

고작 그런 기초 검법에 상처를 입었다고?

이 모용태환이, 고작 저 계집아이에게?

모용태환은 이를 악물었다.

모용세가의 무사들이 자신들의 앞에서 싸우고 있었다.

여기서 자신이 고작 스물 남짓한 계집애에게 조금이라도 밀리는 모습을 보인다면 가주의 권위는 무참히 실추되리라.

애초에 진다는 것은 염두에도 두지 않았다.

하지만 대체 이 상황은 무엇인가.

왜 이를 악물어도 계속 자신이 밀리고 있는가.

아무리 익숙지 않은 왼손이라지만, 보법마저 익숙지 않은 것은 아닌데 왜 퇴로를 전부 차단당하고 있는가.

대체 뭔가, 이 아이는.

모용청연의 검이 또다시 뺨을 스치자 모용태환의 가슴이 서늘해졌다. 목 뒤로 식은땀이 흘렀다.

얼굴 양쪽에 그어진 실금에서 따끔따끔한 것이 느껴졌다.

모용청연은 공격이 들어갔다고 방심하지 않고 다음 공격을 위한 자세를 잡고 있었다.

이게 만약 대련이었다면 칭찬을 아끼지 않았을 태도다.

하지만 이건 대련이 아니었으며, 모용청연과 대련을 한 지는 이미 십 년도 넘었다.

한 번은 우연일 수 있어도, 두 번은 아니다.

이제는 인정해야 했다.

계집애가 시집이나 잘 가서 가문에 보탬이 되면 그만이

지, 하고 생각해 왔던 자신의 막내딸이 엄청난 실력을 갖추게 되었음을.

한동안 모든 혼처를 내치고 무공 수련에 집중하고 싶다고 했을 때 모용태환은 그녀를 내버려 두었다.

딱히 그녀를 버려둔 것은 아니었다.

자고로 무가에서는 후대를 위해 뛰어난 실력의 여고수를 아내로 맞이하고자 하니까.

수련을 하느라 나이를 좀 먹더라도 그건 무림에서는 큰 흠이 아니었다.

모용청연이 수련에 매진하느라 서른을 넘긴 채로 처녀 고수가 된다면, 마흔 정도 되는 대 세가의 가주가 후처를 구한다거나 본처가 죽은 후 새 부인을 들일 때 아주 적절한 후보가 된다.

모용태환에게 딸이란 딱 그 정도의 가치였다. 그런 생각으로 내버려 뒀던 아이였을 뿐인데.

"어떻게 이런 실력을 갖추게 됐는지 궁금하다는 얼굴이시네요."

또 한 번의 접전 후 모용청연이 숨을 고르며 말했다.

아주 미세한 차이로 우세한 지점을 확보했지만, 모용청연은 결코 방심하지도 안심하지도 않았다.

오히려 긴장 가득한 표정과 자세로, 이 짧은 대화마저 전투의 일부분이라는 듯 말을 내뱉었다.

그런 그녀의 모든 것이 모용태환에게는 건방진 도발처럼 느껴졌다.

팔을 다치지만 않았다면, 산이 무너지지만 않았다면 저 년쯤이야 아무것도 아닐 텐데.

"필시 네 언니처럼 사특한 수법이라도 쓴 것이렸다!"

모용태환이 사납게 소리치며 모용청연을 향해 뛰어들었다.

그 말 한 마디에서 모용태환이 모용청경을 어떻게 생각하는지가 느껴졌다.

아무리 가문을 향해 몸을 바쳤다 해도, 그녀는 고작 '사특한 수법으로 힘을 얻은' 존재일 뿐인 것이다.

겉으로는 그리 위하고 아껴도, 모용청연과 달리 너는 가문을 생각할 줄 아는구나 칭찬을 아끼지 않아도.

그 진의를 모용청연이 못 알아들을 리 없다.

"설마요. 그저 그 정도 실력 갖고는 돌아봐 주지도 않을 남자가 하나 있었을 뿐이에요!"

목소리만큼이나 날카로운 검이 모용태환의 허점을 찔러 들어갔다.

더 이상 방심하지 않겠다고 마음을 먹어도 실질적인 차이까지 어쩔 수 있는 건 아니었다.

모용태환은 급히 뒤로 몇 걸음을 물러났다. 그 모습을 보고 모용청연이 중얼거렸다.

"아, 아버지까지 둘이네요. 물론 무공이 재밌어서이기도 했지만."

모용청연은 처음으로 웃었다.

사실 긴장한 것치곤 몸 상태가 좋았다.

워낙 오래 금제를 당해서 내기의 흐름이 원활할까 걱정도 했지만 그런 걱정은 필요 없었다.

모용청연의 검에는 짙푸르다 못해 하얀 빛이 될 것처럼 눈부신 검기가 파도처럼 일렁였고, 이십 년 가까이 연습했던 검은 물 흐르듯이 흘러나왔다.

검기의 강도가 얼마나 강한지, 모용태환의 검강을 부드럽게 흘려버리는 것도 가능했다.

오히려 금제를 당했던 것이 득이 된 게 아닐까.

바짝 마른 저수지와 같던 단전이 흘러들어온 기운을 게걸스럽게 먹어치웠다.

그 기운의 정체는 아마도 남궁혁이 손수 달여 먹여 준 영약.

남궁혁은 시간이 없어서 제대로 복용시키지 못했다고 미안해하고 아쉬워했지만, 덕분에 모용청연의 단전은 원래대로 환약을 만들었다면 상당 부분 사라졌을 영기를 그대로 흡수할 수 있었다.

물론 그에 따른 부작용도 있었다.

모용청연은 점점 곱아들어 가는 손에 힘을 주었다.

손끝이 시렸다. 내공을 운용하면 운용할수록 더욱 그랬다.

남궁혁은 모용청연이 복용한 것은 빙연과의 줄기와 이파리라고 했다.

속전속결. 빠르게 끝내야 자신이 산다.

순간 모용청연의 기세가 달라짐을 느껴진 모용태환이 다급하게 입을 열었다.

"잠깐, 네가 이곳에 온 목적이 무엇이더냐?"

"예?"

갑작스러운 태세 전환에 달려들려던 모용청연이 당황해 멈췄다.

"나와 검을 겨루기 위해서더냐, 아니면 나를 설득하기 위해서더냐?"

모용태환은 마치 다른 가문의 가주들을 상대하거나 원로들을 상대할 때의 얼굴로 모용청연을 바라보았다.

자존심이 상했지만 상황이 좋지 않았다.

모용세가의 무인들은 이쪽을 볼 수 있을 만큼 여유롭지 않았고, 모용청경은 소식이 없었다.

지금은 검으로 승부를 겨룰 때가 아니라 처세를 해야 할 때였다. 한참이나 어린 딸을 상대로.

가주라는 자리는 그런 것이 가능해야 했다. 자존심을 누르고 세 치 혀와 머리로 상대에게서 유리한 지점을 빼앗는 일이.

"그야…… 당연히 아버지를 설득하는 거예요. 마교와의 동맹을 포기하시게요."

끈질긴 계집. 마치 입안의 소태 같았다.

하지만 속내를 드러내서는 죽도 밥도 안 되는 법.

"……그래. 생각해 보니 내가 잠시 어리석은 생각을 했던 것 같구나."

"아버지……!"

모용청연의 얼굴에 화색이 깃들었다. 아버지를 설득하기 어려울 거라고 생각했다. 그런데 모용태환이 벌써 생각을 바꾸다니?

순간 남궁혁이 설곡으로 향하면서 했던 얘기가 떠올랐다.

"절대 너희 아버지에게 말리지 마. 만약 불리한
입장이 되신다면 무조건 널 회유하려고 할 거야. 너
는 세가원이라 잘 느끼지 못하겠지만 외부에서 모용

세가의 처세술은 유명해. 정파를 배신하고도 다시
오대세가 안에 합류한 가문이니까. 검만 수련한 네
가 그 수법에 말려들지 않는 건 힘들 거야."

모용청연의 눈이 가늘어졌다.

모용청연에게 늘어놓는 모용태환의 말은 정말 수려했다.
아버지가 저렇게 말이 많은 분이었나?

모용청연의 기억 속 아버지는 그렇게 수다스러운 분이
아니었다.

예외는 있었다. 가문 밖 사람들을 만날 때는 말이 많았
다.

그는 언제나 유쾌하게 자리를 이끌어 갔고, 그런 자리에
서는 딸들에게도 사근사근하게 대해 주었다.

사정을 모르는 외부에서는 모용태환을 둘도 없는 딸바보
라고 할 정도였다.

그랬던 아버지가 지금 모용청연의 앞에서 온갖 감언이설
을 늘어놓으며 웃어 보이고 있었다.

"그러니까 의심해. 무슨 말이든 다 의심해. 너희
아버지를 절대 믿지 마."

마치 남궁혁이 옆에서 조언을 해 주는 기분이었다.

혁이가 없었으면 대체 어쩔 뻔했지.

모용청연은 쓰게 웃었다. 스무 살이 넘었지만 자신은 아직도 어린애 같은데, 동갑인 남궁혁은 한참이나 어른 같다. 그래서 자꾸 기대게 된다.

하지만 지금 이 자리에 남궁혁은 없다.

이 일 또한, 남궁혁이 대신해 줄 수 있는 일은 아니다.

모용청연 스스로 해내야 하는 일.

"그러니 거지들을 일단 멈춰라. 지금 저기 쓰러지고 있는 자들은 다 너의 가족이 아니더냐?"

"거지들을 멈추면, 그다음에는요?"

생각처럼 모용청연이 순순히 넘어오지 않자 모용태환이 작게 눈살을 찌푸렸다. 모용청연은 그 낌새를 놓치지 않고 말을 이었다.

"거지들을 멈추면, 마인들을 불러서 저희를 치기라도 하실 생각이신가요?"

갑작스레 떠오른 생각이었다. 문득 이 자리에 마인들이 하나도 보이지 않는다는 것을 깨달은 것이다.

남궁혁이 매사 의심을 하라고 몇 번이나 강조했으니, 한 번 모용태환을 떠보는 것도 나쁘지 않으리라.

"그게 무슨 말이냐. 나는 정말 너와 대화를 하고 싶을 뿐이란다."

모용태환은 속내를 들키지 않으려 애썼다. 검 끝을 바닥으로 내리며 최대한 다정한 아버지의 모습을 보이려고 했다.

그것이 모용청연의 의심을 더해 주는지도 모른 채.

"그렇다면 아버지의 자랑스러운 맹우들은 어디 갔나요? 저희를 습격하기 위해 상황을 보고 있는 것은 아닌가요?"

"……눈치가 많이 늘었구나."

굳이 마인들을 부르는 게 아니더라도 그런 생각이 없잖아 있었다.

거지들을 멈추면 도망간 원로들이든, 천라지망을 구축하러 떠난 무사들을 부를 생각이었으니까.

혀를 차면서도 모용태환은 솔직히 조금 감탄했다.

모용청경도, 모용청연도, 자신이 거들떠도 안 보는 사이 이만큼이나 어른으로 자라 있었다니.

두 딸아이에게 조금 더 관심을 주었더라면 마교와 손을 잡는 것보다 세가에 더 이득이 되는 일을 구상할 수 있었을지도 모른다.

하지만 그건 이미 늦은 가정에 불과할 뿐.

지금의 모용청연은 그의 적일 뿐이었다.

"아무래도 내 세 치 혀로 너를 설득하는 일은 불가능하겠구나.”

모용태환의 얼굴에서 가식적인 표정이 사라졌다. 그 대신 그는 오른손으로 검을 고쳐 잡았다.

모용청연과 괜히 대화를 하며 시간을 번 게 아니었다.

다친 오른팔을 쓸 수 있을 때까지 휴식을 취한 것이다.

다치기 전만큼은 못하겠지만, 전력을 다한다면 모용청연을 꺾는 데는 문제가 없으리라.

동시에 모용청연도 자세를 바로잡았다. 그녀의 단전에서 차가운 냉기를 머금은 진기가 올라오기 시작했다.

설령 온 혈도가 얼어붙어 죽는 한이 있더라도.

자신의 뜻을 관철하리라.

그런 다짐을 담은 검이 맹렬하게 모용태환을 향해 날아갔다.

*　　　*　　　*

모용청연과 거지들을 안으로 들여보낸 후.

남궁혁은 상당히 고전하고 있었다.

“왜 그러니? 무림맹 비무 대회에서 신성으로 불렸던 네 실력을 펼쳐 보렴!”

모용청경은 사정없이 남궁혁을 몰아붙였다.

그녀의 온몸에서 미친 듯이 힘이 솟아났고, 그녀의 검에서는 불길한 보라색 검기가 불길처럼 일었다.

그 색만 봐도 그녀가 지금 발휘하고 있는 무력이 어디에서 기인했는지 알 수 있었다.

마신. 마신이 그녀에게 힘을 준 것이다.

화경의 경지인 남궁혁조차 절절매게 할 정도의 힘을.

모용청경이 발출한 수 개의 강환(强丸)이 남궁혁을 위협했다. 조금의 틈만 보이면 그곳으로 날아들어서 남궁혁은 아까부터 모용청경에게 이렇다 할 유효한 공격을 하지 못하고 있었다.

'젠장!'

검강을 날려 보내는 것 정도는 남궁혁도 할 수 있는 일이지만 저 정도로 정밀하게 조종할 수는 없다.

지금은 무기 파괴로 날려 보낸 파편을 조종할 실력도 안 되니까.

그나마 다행인 점은 모용청경도 갑작스러운 힘에 적응이 안 됐는지 저 무시무시한 강환들을 자유자재로 조종할 수는 없다는 점.

그 사실이 남궁혁의 목숨을 아직까지 살려 놓고 있었다.

저 공격에 한 번 정통으로 얻어맞으면 그대로 몸에 구멍이 뚫려 버리리라.

다시 한 번 아슬아슬하게 피한 남궁혁이 마른침을 삼켰다.

너무 긴장해서 입안이 깔깔했다. 옆으로 스쳐 지나간 것만으로도 충격이 느껴질 정도였다.

과연 마신의 힘이다.

만약 모든 마교인들이 마신의 힘을 받을 수 있게 된다면?

정파의 저항 따위는 소용도 없으리라.

그런 생각을 하자 모골이 송연해졌다. 동시에 모용청경을 잡아 저 힘의 비밀을 알아야 한다는 생각이 강해졌다.

다행인 점이라면, 모용청경의 힘이 조금씩 약해지고 있다는 것.

주의를 기울이지 않으면 쉽게 알아차릴 수 없을 정도였지만 강환의 크기가 점점 작아지고, 모용청경의 검에 일렁이는 보라색 마기 또한 시들어 가고 있었다.

남궁혁의 가설이 맞았다.

저 힘은 모용청경의 단전에 쌓인 것이 아니라, 어떤 경로를 통해 마신이 모용청경의 몸에 직접 주입하고 있는 것이다.

하지만 그것이 무제한은 아니다. 분명 한계가 있다.

마교의 힘이라는 것은 늘 그랬으니까.

지금은 거의 현경에 가까운 무력을 뿜내는 모용청경이었

118 남궁장인

지만 정도를 걷지 않은 힘은 언제나 한계와 약점이 있다.

남궁혁은 모용청경이 그 지점에 다다르기를 인내심 있게 기다리며 방어에 모든 집중을 쏟아부었다.

모용청경이 한계에 다다르기 전에 자신이 쓰러지면 죽도 밥도 안 될 테니까.

기회는 오래지 않아 왔다.

불을 뿜듯 타오르던 마기가 급격하게 힘을 잃기 시작했다.

모용청경은 당황하며 뒤로 물러나려고 했지만, 남궁혁은 그 기회를 놓치지 않았다.

마기가 완전히 다 사라진 것은 아니었지만 빈틈이 눈에 띄게 드러났다.

과연. 갑작스럽게 몸에 들어온 엄청난 마기를 견디느라 고통 받은 육체가 이제야 비명을 지르기 시작한 것이다.

모용청경은 그 아름다운 미간을 사정없이 찌푸렸다.

아직도 그녀의 몸에 남은 마력은 충분하건만, 남궁혁은 그야말로 무자비하게 틈을 찔러 들어왔다.

순식간에 모용청경은 수 개의 상처를 입었다.

아무리 배운대로 검을 휘둘러도 모용청경은 남궁혁의 옷자락 하나 상하게 할 수 없었다.

이것이 바로 타고난 무재의 차이, 정도와 사도의 차이,

그리고 이룩한 경지의 차이.

모용청경은 마음속으로부터 절망했다.

아무리 강대한 힘을 가져도 남궁혁이 노력으로 다져 단단한 기반을 갖춘 검을 뚫지 못했다.

정녕 모용세가는 남궁의 힘을 이기지 못하는 건가?

원래부터 운명처럼 정해져 있던 건가?

모용가는 언제나 패자인 것으로?

남궁혁이 들었다면 그게 무슨 가당찮은 소리냐고 반문했을 말들이 모용청경의 머릿속에서 메아리쳤다.

그 순간, 크게 드러난 빈틈을 놓치지 않고 남궁혁의 발차기가 쇄도했다.

퍼억—

명치에 정확히 꽂힌 발차기에 모용청경이 헛숨을 내뱉었다. 이어서 남궁혁의 뾰족한 발끝이 사정없이 그녀를 가격했다.

"헉······!"

남궁혁의 발차기가 꽂힌 부분들은 전부 소주천을 돌리는 중요한 혈도들.

순식간에 주요 혈도를 점혈당한 모용청연의 몸이 굳었다. 그리고 천천히 쓰러지기 시작했다.

남궁혁은 눈을 부릅뜬 채 쓰러지는 모용청경을 받아 들

고는 크게 한숨을 내쉬었다.

엄청난 마기에 혈도가 혹사당한 탓인지 생각보다 점혈이 쉽게 들어갔다.

시간을 더 끌었다면 남궁혁도 힘들어졌을 테니 다행이지만, 그보다는 모용청경의 상태가 걱정됐다.

알고 지낸 정도 정이었지만 그녀는 중요한 증인이니까 말이다.

남궁혁은 서둘러 모용청연을 바르게 눕히고 맥을 짚었다.

온몸의 기가 허하고 맥이 느렸다.

그토록 강대한 힘을 온몸으로 받아들여 방출했으니 당연한 일이다.

남궁혁도 비슷한 경험을 귀곡에서 한 적이 있어 잘 알았다.

모용청경도 그때 남궁혁이 그랬던 것처럼 며칠을 정양해야 정신을 차릴 것이다.

"이봐유, 우리도 끝났수!"

남궁혁이 모용청경의 상태를 다 살피고 나자 저쪽에서 거지들이 소리쳤다.

모용청경과의 대결에 온 신경을 다 쓰고 있던 사이 거지들도 제 몫을 잘 해낸 모양이다.

스무 명의 무사들 중 약 여덟 명이 목숨을 잃었고, 나머지는 큰 부상을 입은 채 모용청경처럼 점혈을 당해 축 늘어져 있었다.

물론 거지들의 피해도 만만치 않았다. 적어도 삼분지 일은 죽어 나간 것 같았다. 그래도 어쨌든 이긴 쪽은 이쪽이다.

"좋아요. 아직 싸울 수 있는 분들은 저랑 같이 들어가고, 나머지 분들은 여기서 이분을 지키고 있어요. 혹시라도 해되는 행동은 하지 마시고. 중요한 증인이 될 테니까요."

정파인들이라고 해도 사내놈들이 정신을 잃은 여자를 두고 무슨 딴마음을 먹을지 모르니 남궁혁은 단단히 주의를 주었다.

거지들한테는 모용세가가 자신들을 습격했다는 명분이 있기도 했고 말이다.

아무리 그래도 모용청경이 나쁜 짓을 당하지는 않았으면 좋겠다니, 자기가 생각해도 심성이 너무 착한 거 아닌가. 이렇게 살면 손해 보는데.

아직까지 큰 손해를 본 일이 없으니 망정이었다.

하여튼 딴생각을 하고 있을 때가 아니다.

"서둘러요. 청연이가 얼마나 버틸 수 있을지 모르니까."

남궁혁은 바로 안으로 들어가려다가 문득 멈춰 섰다. 그리고 다시 모용청경에게로 돌아가 그녀의 검을 빼 들었다.

전장에서 가장 좋은 검을 집어 들긴 했지만 그래도 모용세가의 금지옥엽인 모용청경의 검에 비하면 부족하니까.

검을 집어든 남궁혁은 순간 벼락이 치는 것 같은 놀라움을 맛봤다.

이렇게 좋은 검이 있다니?

아직 긴박한 상황인데도 그걸 잊을 만큼 그 검은 완벽에 가까웠다.

모용세가가 이만한 검을 모용청경에게 줬다는 것이 놀라울 정도로.

순백의 검신은 아까 머금었던 마기의 영향인지 은은한 보랏빛이 감도는 가운데 매끈함을 자랑했고, 무게면 무게, 균형이면 균형, 그 어느 것 하나 빠지는 게 없었다.

아무리 마기에 휩싸여 있었다지만 명장이라 자부하면서도 그 진가를 제대로 알아채지 못했던 것이 민망할 만큼 훌륭한 검이었다.

아까 모용청경의 실력은 마신으로부터 받은 진기뿐 아니라 이 검도 일조한 게 틀림없었다.

"좋아, 갑시다."

그제야 남궁혁은 앞장서서 동굴 안으로 들어갔다.

남궁혁과 일단의 거지들이 동굴 안으로 사라진 후.

부상을 입고 지친 거지들은 모용청경의 주변에 모여 그녀를 에워싸듯 자리에 앉았다.

"아이고야, 힘들다. 모용가 놈들 겁나게 질기네."

"워따 대고 힘들다 소리여. 내 팔의 부상 안 봬?"

"나는 배때기가 뚫렸어 인마들아―, 으읔!"

검에 배가 꿰뚫린 거지 하나가 단말마를 토해 냈다.

말하다가 상처가 벌어졌나 싶어 거지들은 껄껄 웃으며 그 거지를 돌아보았다.

"뱃거죽 구멍 난 게 입을 막 놀―, 크억!"

연달아 이어지는 비명에 거지들의 눈이 휘둥그레졌다.

비명을 내뱉은 거지들의 급소에는 손바닥 길이만 한 비수가 깊게 박혀 있었다.

"누, 누구여!"

"끄악!"

총 다섯 개의 방향에서 빠르게 비수가 날아와 거지들의 목숨을 끊었다.

안 그래도 모용세가 무사들과의 혈전으로 진이 빠진 상태인 데다가, 남궁혁이 부상을 입은 사람들만 남겨 놓고 갔기에 저항이 어려웠다.

결국 거지들은 흥수의 얼굴조차 못 보고 순식간에 전멸하고 말았다.

모용세가 무사들의 피가 흘렀던 자리 위를 거지들의 피가 흥건히 적셨다.

그리고 누군가가 옷자락을 걷어올리고 그 위로 조심조심 걸어 나왔다.

"흐음, 이쪽은 정리된 거 같군요."

"서두르셔야 합니다, 부군사."

거지들을 전멸시킨 이들의 정체는 모용세가에 합류해 있던 마인들이었다.

마뇌의 수하인 마교 부군사 파성군을 호위하는 마인들은 서둘러 그의 주변을 에워쌌다.

숫자는 적었다. 거지들을 공격한 다섯이 전부였다.

산이 무너져 내릴 때 동굴 안에 있던 이들은 모두 깔려 죽었고 초옥에 있던 파성군과 그의 호위들만 살아남은 것이다.

파성군은 사람을 보내 동굴 쪽의 상황을 확인하고, 거지들이 몰려왔다는 소리를 듣자 세를 가늠한 다음 모용세가를 포기했다.

모용세가가 적극적으로 교전에 나섰더라면 미약한 힘이나마 보탰겠지만 원로들이 다 도망갔다는 말을 듣고는 모용세가에 미래가 없다고 판단한 것이다.

판단 즉시 상황을 보고 탈출에 나섰다. 초옥에서 산 아래로 내려가는 안전한 길은 동굴 입구 앞에 있는 산길뿐이니까. 파군성이 무공을 하지 못했기 때문에 험한 곳으로는 갈 수가 없었다.

안전한 길 쪽으로 걸음을 옮기려던 파군성이 눈을 빛냈다. 그의 시야 안에 가지런히 누운 모용청경이 있었다.

"흐음, 저기 흥미로운 게 있군요."

거지들이 흘린 피와 시체 사이에 미동도 없이 누워 있는 모용청경의 모습은 기이한 아름다움을 느끼게 했다.

파군성은 마치 그 아름다움에 홀린 듯 그녀에게 다가가 피가 튀긴 흰 뺨을 손가락으로 훑었다.

"부군사! 가셔야 합니다!"

"너무 소리 지르지 마세요. 중요한 일입니다."

중요한 일이라니. 고작 여자의 얼굴을 감상하는 일 따위가?

그를 호위하는 마인은 눈살을 찌푸렸다. 안으로 들어간 거지의 숫자는 어림잡아 백이 넘는다.

그들이 다시 나오면 아무리 자신들이 실력 있는 마인들이라지만 당해 낼 수 없었다.

백 대 오라니, 자살행위가 아닌가.

저 작자도 분명 목숨이 여러 개는 아닐 텐데 무공도 익히지 않은 자가 왜 간을 배 밖에 내놓고 사는지 이해할 수 없는 그였다.

"이 분이 우리의 목숨을 살려 주실지도 모릅니다."

"예?"

뜬금없는 말에 마인이 표정을 일그러트리자, 파군성은 마치 어린아이에게 설명하듯 차근차근 그를 이해시켰다.

"교는 최근 들어 거듭 실패를 맛보지 않았습니까? 그 일들의 책임자가 어떻게 됐는지를 기억하세요. 모용세가의 일이 거의 망쳐진 지금, 우리는 계획했던 일을 대신할 다른 수확이라도 있어야 합니다."

파군성이 이유를 풀어 설명해 주자 마인들의 얼굴이 흙빛으로 물들었다.

그의 말이 맞았다. 최근 연달아 일어난 사건들로 인해 마교 내부에서는 피바람이 몰아쳤다.

마뇌야 그 누가 대체할 수 없는 마교 제일의 두뇌인지라 한동안 처분을 받고 물러나 있던 게 전부였지만 마뇌 이하의 마인들, 특히 해당 일들을 직접 진행시켰던 실무자들은 목이 날아간 사람이 태반이었다. 그들도 더하면 더했지 덜할 리 없었다.

갑자기 산사태가 일어나 동굴이 무너져 이곳에 데리고 온 마인들 대부분을 잃고, 모용세가가 멍청하게 비밀 장소를 들켜 거지 떼의 습격을 받고, 힘이 되어야 할 원로들이 도망을 치고.

아무리 이 모든 일들이 그들의 책임은 아니라 하더라도 요새 분위기상 가중처벌을 받을 가능성이 농후했다.

마인들이 그제야 상황을 판단한 것 같자 파군성이 사이하게 웃으며 말했다.

"대공자께서 좋아하시겠군요. 그분은 순순한 미인을 좋아하시니까 말입니다. 자, 어서 우리의 구명줄이 되어 주실 분을 업지 않고 뭐 합니까?"

마인들이 앞다투어 모용청경을 업기 위해서 달려들었다.

모용청경은 그들이 사뿐히 등에 업을 때까지 아무 미동도 없었다. 남궁혁의 점혈이 지나치게 효과가 좋았던 탓이었다.

모용청경을 챙긴 마인들은 그대로 빠르게 산 아래로 달려 나가기 시작했다.

*　　　*　　　*

털썩—

한 사람의 무릎이 지면에 닿는 소리가 들렸다.

그 소리가 그렇게 크게 들릴 리가 없는데도, 그 자리에 있는 모두가 그 소리를 들었다.

방금 전 무너진 동공 안으로 들어온 남궁혁도 마찬가지였다.

무릎이 지면과 닿는 그 모습은 그만큼 파급이 있었다.

오대세가 중 하나, 그중 첫째를 꼽는다면 쉽게 뒤지지는 않을 저력을 가진 가문.

그런 가문의 가주가 무릎을 꿇은 것이다.

그것도 그의 어린 딸에게.

"크윽……!"

모용태환의 검은 반으로 부러진 채 저 멀리 팽개쳐져 있었고, 일신의 상태도 그에 못지않게 험했다.

갈가리 찢어진 옷과 피투성이가 된 몸, 핏발이 선 눈동자까지.

무엇보다 모골을 섬뜩하게 만든 건 그의 혈도에 정확하게 겨누어진 짧고 가느다란 검 끝.

그 검의 끝에는 모용청연이 있었다.

남궁혁은 숨을 죽였다. 이 자리의 주인은 자신이 아니었다. 결코 끼어들어서는 안 될 것 같았다.

대체 어떻게 된 일일까. 모용청연이 결코 가주를 꺾을 수 있는 실력은 아닐 텐데.

남궁혁의 머리가 빠르게 돌아갔지만 답을 찾기는 어려웠다.

그녀가 복용한 빙연과의 줄기와 이파리도 분명 영약이지만 눈앞의 상황을 설명해 주기는 어렵다.

마치 모용청경에게 기이한 힘이 주어졌던 것처럼, 모용청연 또한 그런 것일까?

어쨌든 지금은 그게 중요한 게 아니었다.

모용태환이 마지막으로 발악하듯 온몸을 비틀며 괴성을 질러 댔다.

"네 이년! 가, 감히 낳아 준 아비를 베겠다는 게냐……!"

그렇게 말하면서도 모용태환의 얼굴에는 설마 하는 기색이 가득했다.

허나 모용청연의 검은 몸부림치는 그의 목덜미를 파고들기 시작했다.

모용청연도 모용태환 못지않게 피투성이였다. 상처도 많았다. 치명상이라고 할 수준은 아니었지만 출혈이 상당한 건 사실이었다.

그럼에도 그녀는 의연했다. 제 아버지의 목에 검을 찔러 넣는 상황이라고 하기에는 너무 태연해 보여 되레 소름이 돋을 정도였다.

그리고 그런 그녀가 모용태환의 발악에 대한 답으로 내놓은 말은 더욱 차가웠다.

"당신께서 모용가의 자부심을 버리고 마교를 택했을 때,

내 아버지는 이미 돌아가셨다고 생각했어요."

남궁혁은 모용청연의 뒷모습을 보고 있었다. 그 말인즉, 모용청연의 말을 듣고 무참히 무너진 모용태환의 얼굴을 정면으로 바라보았다는 뜻이다.

그 얼굴을 보는 것만으로도, 지금 모용청연이 어떤 표정을 짓고 있을지 상상이 갔다.

모용청연의 검이 움직였다.

"그러니까 제가 지금 베는 것은 저를 낳아 주신 아버지가 아니라 세가의 자존심을 팔아넘긴 배신자예요!"

사람이 죽는 모습을 수없이 봐 온 남궁혁이었지만 그 순간은 눈을 감을 수밖에 없었다.

거지들에게 제압당한 모용세가의 무사들도, 득의양양한 표정으로 승리를 만끽하던 거지들도 그랬다.

그 순간 눈을 감지 않은 건 아마도 모용청연뿐이리라.

검이 목젖을 꿰뚫는 파육음과 꿀렁꿀렁한 피가 흘러내리는 소리. 그리고 아주 익숙한, 사람의 숨이 넘어가는 마지막 소리를 들은 후. 남궁혁은 천천히 눈을 떴다.

모용태환은 분하다는 듯 눈을 부릅뜬 채 죽어 있었고 모용청연이 그의 몸에서 천천히 검을 뽑아내고 있었다.

그녀는 검신을 옷자락으로 닦은 후 모용태환의 몸을 가지런히 눕혔다. 그리고 눈을 감겨 주었다.

"나머지 식솔들은 제가 어떻게든 피해 입지 않게 잘 돌볼게요…… 편히 눈감으세요."

남궁혁은 그 자리에 선 채 모용청연의 다음 행동을 기다렸다. 그녀의 일은 아직 끝나지 않았으니까.

과연, 남궁혁이 예상했던 대로 모용청연이 비장한 얼굴로 자리에서 일어났다.

그녀의 손에는 방금 모용태환의 품에서 빼낸, 아주 고급스러운 패 하나가 들려 있었다.

남궁혁이 알기로 모용세가 가주들에게 대대로 전해지는 패가 하나 있는데, 일종의 절대명령권을 뜻하는 것과 마찬가지라고 했다. 아마도 모용청연이 든 것은 자룡옥패(紫龍玉佩)라 불리는 그것인 모양이다.

모용청연은 그대로 제압당한 모용세가의 무사들을 향해 다가갔다. 남궁혁은 거지들에게 움직이지 말라고 눈짓했다.

무사들의 시선이 모용청연과 그녀가 들고 있는 자룡옥패로 향했다.

혼란, 분노, 체념과 납득. 온갖 복잡한 시선들이 모용청연을 향했지만 그녀는 흔들리지 않았다.

"내가 방금 모용세가의 가주를 베었어요. 하지만 나는 내가 틀렸다고 생각하지 않아요. 모용의 이름은 우리 손으로 자리매김해야 하는 것이에요. 비겁하게 남의 힘을 빌려서, 그것도 정파의 오랜 맹우들을 배신하면서 얻은 이름에 무슨 값어치가 있겠어요? 우리의 선조께서도 이를 바라지 않으실 거고, 그렇게 천하를 얻었다 해도 우리의 후손들은 언제나 이 사실을 부끄러워하며 감추려고 할 거예요."

그 작은 입술로 말하는 조곤조곤한 목소리가 동공 내부를 울렸다. 하지만 모두의 귀에 그 말들은 똑똑히 들어왔다.

"보는 눈이 많으니 우리의 일을 모두 비밀로 할 수는 없을 거예요. 두 번이나 정파 무림을 저버린 이상 아무리 사죄한다고 해도 용서받지 못하겠죠. 하지만 후일을 도모할 수는 있어요. 오늘의 일을 수치스러워하고, 반성하면서, 다시 전열을 가다듬을 수 있어요. 지금은 우리가 무슨 말을 해도 정파에서 우리를 받아주지 않을 거예요. 하지만 우리가 훗날 마교에 대항하는 숨은 힘이 되어 마교를 물리치는데 일조한다면 그들도 우리의 진심을 인정할 겁니다. 나를따라와도 좋고, 각자 숨어도 좋아요. 하지만 날 따라온다면, 어떻게든 그대들을 지키겠어요."

순간 그 작은 소녀가 거인처럼 보인 것은 눈의 착각이었을까.

비단 남궁혁만 그렇게 본 건 아닌 듯싶었다. 극심한 혼란에 빠져 있던 모용세가 무사들의 눈이 한순간에 갈피를 잡았으니까.

역시, 자신의 십년지기는 보통이 아니다.

"저, 저는 작은 아가씨를 따르겠습니다!"

"저도!"

"저희도 따르겠습니다!"

처음부터 마교와의 연합에 불만이 있었던 것 같은 무사들이 먼저 입을 열었고, 나머지도 뒤이어 따랐다.

결국 이 자리에 있는 모든 모용가의 무사들이 모용청연을 따르기로 했다.

이제는 남궁혁의 차례였다. 별로 할 일은 없지만.

모용청연이 남궁혁 쪽을 힐끗 바라보자 남궁혁이 고개를 끄덕였다.

남궁혁은 거지들에게 손짓으로 신호를 보냈다. 그러자 거지들이 서로 눈을 감고 귀를 막았다.

지금부터 일어나는 모든 것은 모른 척하겠다는 뜻이다.

하여간 자신이 맹우를 잘 두긴 됐다. 할미 거지가 그를 마음에 들어 한 탓도 있으리라.

남궁혁은 모용청연을 보내 줄 것이다. 그녀를 따르기로 한 모용가의 무사들과 함께.

어차피 증거는 모용가 내부에 차고 넘치고, 밖에 있는 모용청경도 있으니까.

게다가 아까 모용청연의 포부는 남궁혁의 계획에도 큰 도움이 될 터였다.

"이대로 떠나는 거야?"

"응. 서둘러 천라지망을 펼친 사람들을 규합하러 떠나야지. 자칫 원로 할아버지들을 만나서 이상한 소리를 들으면 안 되니까."

모용세가의 천라지망을 형성한 무인들은 약 삼 백여 명.

그들을 모은다면 모용청연의 말처럼 훗날 마교를 칠 숨은 세력으로서 큰 힘을 발휘할 수 있다.

그래도 걱정은 됐다.

모용청연의 안전이 걱정되는 건 아니었다.

무슨 수를 썼든 간에 모용태환이라는 이 시대의 거물 중 하나를 쓰러트린 그녀 아니던가.

그보다 걱정되는 건 모용청연이 그동안 무공 수련에 몰두하느라 무림 정세에 어둡다는 사실이었다.

당장 이곳을 떠나 의탁할 수 있는 믿을 만한 곳이라도 있는지, 도움을 받을 만한 사람은 있는지.

할 수 있다면 남궁장인가 소유의 장원이라도 내주고 싶지만 모용청연과 남궁혁의 친분은 너무 유명했다.

도움을 주기에는 오히려 그 친분이 독이 되는 상황이다.

사라진 모용청연과 모용가의 사람들을 찾기 위해서 그 누구라도 남궁혁부터 조사할 테니까.

남궁혁도, 모용청연도 그 사실을 잘 알고 있었다.

"혹시라도 어떻게든 방법을 찾아 주겠다느니, 방법이 없지는 않다느니 하면서 나를 보호할 생각은 하지 마."

모용청연이 선수를 쳤다. 정말 똑같은 말을 내뱉으려고 했던 남궁혁이 쓴웃음을 지었다.

둘은 서로를 너무 잘 안다.

얼굴을 맞댄 적은 별로 없지만 서로에 대해서 모르는 것이 거의 없는, 나의 십년지기 친구.

모용청연은 부쩍 어른스러워진 얼굴로 남궁혁이 절대 나서면 안 되는 이유를 늘어놓았다.

"너무 많은 증거와 증인이 있어. 언제든 얘기는 새 나갈 거야. 그리고 그렇게 되면 피해를 입는 건 우리뿐이 아니야. 당연히 너 역시 사실을 알고도 은폐한 역적이 되겠지."

"그야 그렇지만—"

"너에게 너무 많은 신세를 졌어. 솔직히 지금까지 도와준 것도 평생 다 못 갚을 거야. 더이상 너를 끌어들일 수는 없어. 남궁장인가를 생각해."

그래도 한 발짝 더 다가오려는 남궁혁을 모용청연은 단호하게 잘라 냈다.

남궁장인가, 그 말을 꺼내자 남궁혁도 더이상 나설 수 없었다. 어찌 됐건 모용청연은 남이었고, 자신에게 남궁장인가의 식솔들이 더 우선순위인 것은 사실이니까.

모용청연은 그가 자신과의 의리와 정 때문에 대의를 버리지 않도록 그 사실을 상기시킨 것이다.

"정말 고마워. 그리고…… 미안해."

고맙다는 말은 이번에 있었던 일련의 일들에 대한 인사. 그리고 미안하다는 말은 더 이상의 호의를 받아들일 수 없다는 뜻.

"앞으로 어떻게 할 거야? 구체적인 계획은 있어?"

"아까 말했던 대로야. 흩어진 사람들을 모아서 힘을 길러야지. 하지만 그 이상은 말해 줄 수는 없어."

"그래. 모르는 게 좋지."

남궁혁은 모용청연의 입장을 십분 이해했다.

이제부터는 정말 모르는 사람이 되는 게 좋았다.

모용청연은 그대로 남궁혁에게서 몸을 돌리려다가, 순간 그의 품으로 와락 안겼다.

남궁혁은 잠깐 당황했지만 곧 안쓰러운 표정으로 그녀를 마주 안아주었다.

어쩌면 이것이 그들의 마지막이 될지도 모르기에.

포옹은 짧았다. 모용청연은 곧바로 그의 품에서 몸을 빼

냈다.

스치듯 지나간 온기가 사라지기 직전, 모용청연의 전음이 남궁혁의 머릿속을 울렸다.

『너를 알게 된 게 내 생에 가장 큰 행운이었어.』

아련한 그 목소리가 가시기도 전에 모용청연은 한 가문의 사람들을 짊어진 얼굴을 하고선 모용세가의 무사들에게 다가갔다.

"모두 일어나 나를 따라요, 서둘러요!"

그리고 모용세가 무사들을 독려해 다시 공동의 밖으로 빠져나가기 시작했다.

남궁혁은 모용청연의 뒷모습이 동굴 너머로 사라질 때까지 자리에 서서 그 모습을 지켜보았다.

안녕, 그런 흔한 말도 없는 이별.

그는 침묵한 채 오랜 친구의 마지막 모습을 한참 동안 곱씹었다.

*　　　*　　　*

무너진 공동에서의 일을 정리한 후 남궁혁은 다시 할미거지가 있는 주루로 돌아왔다.

다행히 모용청연은 살아남은 대부분의 무사들을 인솔해 도망치는 데 성공했다.

모용세가의 주요 전력을 붙잡는 데는 실패했지만 아쉽진 않았다.

할미 거지가 이끈 별동대가 도망치던 모용세가의 원로들을 붙잡은 것이다.

모용태환이 죽기는 했지만 그들 또한 모용세가의 중진인지라 마교와의 연관성을 증빙하는 데는 문제가 없을 터였다.

게다가 할미 거지가 어찌나 일을 잘해 줬는지. 남궁혁이 도착했을 즈음엔 무림맹 요녕 지부의 모용세가 사람들도 다 제압된 상태였고, 가장 가까운 지부에서 무림맹의 무사들이 도착해 있었다.

남궁혁은 너무 힘을 많이 써서 지쳤다는 핑계를 대고 모든 일을 할미 거지한테 맡긴 후 초옥 옆 별채에 들어와 누워 있었다.

물론 진짜 지쳐 있기도 했다. 너무 많은 일이 있었다. 너무 많은 진기를 소모하기도 했다.

몸과 마음이 둘 다 물먹은 솜처럼 무겁고 나른했다. 모용청경이 사라졌다는 사실이 마음에 걸렸으나 지금은 신경 쓰고 싶지 않을 정도였다.

"자냐?"

누워서 멍하니 천장만 보고 있는데 얼마나 시간이 흘렀을까. 할미 거지의 목소리에 남궁혁이 일어나 앉았다.

"안 잡니다, 들어오세요."

"고얀 놈. 다 늙은 내가 무림맹 아해들이나 상대하고 있어야겠더냐? 끌끌."

말은 타박이었지만 심하게 질책하는 투는 아니었다. 할미 거지는 들어와 자리에 대충 걸터앉고는 무림맹과 나눈 얘기를 전했다.

"우리가 얘기했던 대로 됐다. 작은 모용 소저는 반대파를 이끌고 도망친 거고, 우리 개방은 그들의 움직임을 알아차린 덕분에 모용세가의 음모를 알게 된 걸로 말이다."

"수고를 끼쳐드렸네요. 감사합니다."

"그래, 우리가 꽁으로 대어를 놓아 준 값은 어찌 치를 테냐?"

할미 거지는 한몫 단단히 챙길 요량인지 얼굴이 싱글벙글이었다.

진실성이 생명인 정보 문파에게 정보 조작을 부탁했으니, 그 대가가 적지는 않을 것이다.

개방이 거지 문파이긴 하지만 그들도 돈을 상당히 밝혔다.

사적인 이유가 아니였다. 그 정도 규모의 문파를, 그것도 정보 문파를 운영하려면 돈이 한두 푼 드는 게 아니니까.

"모용가 놈들의 재산은 무림맹에서 다 압류할 테니 우리가 손댈 수는 없을 테고. 남궁장인가에서 값을 치를 테냐?"

개방은 개방 고유의 무기인 타구봉을 만드는 장인이 따로 있으니 남궁장인가의 무기를 받지는 않을 것이다.

돈이나 아니면 그에 상응하는 물건을 치러야 할 터였다.

남궁혁은 미리 생각해 놓은 것이 있다는 듯 심드렁하게 입을 열었다.

"아직 팔팔한 거지들 좀 남았죠?"

"그야 글쎄. 나랑 원로들 뒤에서 후린 애들이 아직 팔팔혀."

"열 명 정도만 빌려주세요. 기왕이면 추위에 강한 사람들로."

"이 요녕땅 거지들이야 한겨울에도 홑겹 옷으로 대로변에 드러누워서 구걸하는 놈 천지라 별로 어렵진 않다만, 워따 쓰려고?"

대가를 내놓으랬더니 되레 거지들을 내 달라는 남궁혁의 말에 할미 거지가 눈을 똥그랗게 떴다.

그리고 이어지는 남궁혁의 말에는 아예 눈알이 튀어나올 만큼 눈을 크게 떴다.

"빙연과는 아시죠? 그 영약을 나눠 드릴게요. 빙연과 열매랑 줄기, 잎, 뿌리까지. 반반 하죠."

언젠가는 개방의 귀에 들어갈 일이니 이참에 빨리 정산을 해 버리는 게 좋았다. 게다가 모용청연에 대한 입막음도 겸하니 일석이조랄까.

개방 또한 무림에 사는 문파는 문파인지 영약이라는 말에 할미 거지의 눈이 빛났다.

빙연과라는 영약에 대해서는 있다는 소문만 들었는데, 대체 이놈은 어디서 난 놈이기에 이런 것까지 알고 있누.

궁금한 건 궁금한 거였고, 신난 건 신난 거였다.

할미 거지는 지체하지 않고 바로 거지 서른 명을 선발했다.

선발된 거지들은 다들 일류 무사들로, 남궁혁이 말한 대로 추위에 강한 이들로 선발되었다.

영약을 만져라도 볼 수 있다는 말에 거지들의 눈이 어느 때보다도 반짝반짝 빛났다.

구걸 밥으로 고기를 줘도 이만한 반응이 나오진 않을 것이다.

그리고 할미 거지가 주변의 중소문파인 빙해문에서 빌려 온 세 명의 무인이 있었다.

듣자하니 이곳은 북해빙궁과 그나마 가까운 위치에 있어

서 알음알음 빙공이 전수된 문파들이 있다고 한다.

빙연과의 줄기와 뿌리까지 채취하기 위해 할미 거지가 그들을 초빙한 것이다.

아무리 내공을 두른다 한들, 빙연과가 자라는 연못의 한기는 빙공을 익힌 사람이 아니면 버틸 수 없으니까.

대가는 설곡과 연못의 위치를 알려 주는 것.

여기가 아무리 북쪽이라지만 북해빙궁에 비해서는 한기가 부족해 수련에 어려움을 겪던 그들에게는 단비와 같은 소식이었다.

설곡은 자연지형 때문에 한기가 응축되어 있는 곳이니까.

그들에게는 설곡의 존재가 빙연과보다 더 중요했다.

빙연과는 먹어 없애면 끝이지만 설곡은 영원하니까.

장기적인 관점에서는 빙연과 이파리 하나 얻을 수 없어도 설곡의 위치를 알게 되는 게 중요한 것이다.

그래서 그 문파의 문주와 소문주, 그리고 문파의 이인자가 직접 나왔다고 한다.

빙공을 주력으로 익히는 문파인 만큼 발 벗고 나올 만했다.

남궁혁은 할미 거지가 이끄는 서른 명의 거지, 그리고 빙공을 익힌 세 명의 무인과 함께 다시금 설곡으로 향했다.

원래 새하얀 눈으로 덮여 있어야 할 곳엔 어제의 혈투가 만들어 낸 핏자국이 여기저기 가득했다.

이곳은 일 년 내내 눈이 녹지 않는 곳이니 저 핏자국들은 아마 남궁혁이 죽을 때까지도 지워지지 않을 것이다.

그리고 그때까지 모용세가가 역심을 가졌던 증거로 남겠지.

어쨌든 오늘의 목적은 빙연과 채취다.

남궁혁은 명경지수 같이 투명하고 맑은 연못가로 다가갔다.

살얼음 하나 얼지 않았지만 저 물이 뼛속까지 얼려버릴 정도로 찬물이라는 건 잘 알고 있었다.

남궁혁은 품에서 소중히 가져온 계란 한 알을 꺼냈다.

연못의 냉기를 한 번 시험해 볼 생각으로 챙긴 것이었다.

톡톡, 주변의 바위에 계란을 깨 흰자와 노른자만 퐁당 떨어뜨리자, 계란이 순식간에 떨어진 모양 그대로 얼은 채 둥둥 떠올랐다.

장대로 건져 올려 보니 계란은 마치 북해의 얼음처럼 단단히 얼어 있었다. 방금 떨어트린 건데!

"장난 아니게 차갑네요."

"잠수할 만한 보람이 느껴지는군요."

빙해문의 사람들이 단단하게 얼어붙은 계란을 만져 보며

껄껄 웃었다.

거지들은 미리 준비해 온 장갑을 끼고 장대를 뻗어 빙연과를 채취했다.

빙해문 사람들은 뿌리를 뽑아낼 갈고리와 작은 칼들을 혁대에 차더니, 그 차가운 물속으로 풍덩 들어갔다.

곧 남궁혁과 할미 거지의 앞으로 갓 따낸 빙연과와 빙연과의 줄기, 이파리, 그리고 뿌리들이 하나둘 쌓이기 시작했다.

열매는 모용세가가 꾸준히 걷어 간 탓에 그리 많지는 않았다. 주먹만 한 것이 여섯 개, 그리고 수면 밑에 숨어 있던 호두만 한 것이 스무 개였다. 그래도 생각보다는 많은 수확이었다.

오히려 줄기와 뿌리, 이파리의 수확이 많았다. 모용세가가 이런 부속물에는 별 관심이 없었던 모양이다.

처음에는 기린대도 전부 못 먹이겠다 싶었는데, 이 정도면 그 아랫급 무사들까지 전부 복용시킬 수 있을 것 같았다. 탕약으로 달이면 양이 꽤 될 테니까.

개방 거지들이 들고 온 자루에 줄기와 뿌리, 이파리를 쓸어담았다. 쌀가마니만 한 자루가 여섯 자루나 나왔다.

빙연과는 따로 가져온 상자에 상하지 않게 조심스럽게 담았다.

남궁혁은 빙연과를 뿌리 한 조각까지 남김없이 걷어 낸 연못을 바라보았다.

거울처럼 맑은 연못의 표면에 남궁혁의 무뚝뚝한 표정이 그대로 담겼다.

"그런데 표정이 왜 그러누? 다 잘 끝났구만."

옆으로 다가온 할미 거지가 연못에 비친 남궁혁의 표정을 보고 핀잔을 주었다.

"제 표정이 왜요?"

"어디서 술이라도 구해 와야 할 것 같은 구리구리한 표정을 짓고 있구만. 됫박으로 부어도 취하기는커녕 또랑또랑하게 사흘 밤낮 술만 비울 거 같이 말이여."

"잘 보셨어요."

부정할 기력도 없는지 남궁혁이 힘없이 답했다.

모용세가와 접전을 치른 이후로 남궁혁은 계속 이 상태였다.

빙연과를 생각보다 많이 채취했는 데도 썩 기쁘지가 않았다.

무림맹 요녕 지부에서 본부에 연락해 큰 상을 내리겠다고 했는데도 시큰둥했다.

이 일로 남궁혁과 남궁장인가의 이름값이 더 올라가고, 마교에 대한 경각심이 커져 남궁혁이 바라던 대로 정파가 움직이게 될 텐데도.

"작은 모용소저 때문에?"

"정확히 말하면 둘 다지만, 작은 쪽이 더 크긴 하네요."

분명 점혈해서 눕혀 놓았던 모용청경이 사라지고 거지들이 무참히 죽어 있던 것도 마음에 걸렸지만, 역시 모용청연 쪽이 더 신경 쓰였다.

떠나기 직전, 마지막으로 보았던 모용청연의 눈빛.

그 눈빛이 남궁혁의 마음을 복잡하게 만들었다.

그녀의 눈은 마교에 대한 복수심으로 활활 불타고 있었다.

마교의 침공을 막겠다는 남궁혁의 목적을 생각하면 잘된 일이긴 하다.

하지만······.

'변하지 않았다.'

복수화 모용청연. 이전 삶에서 중원을 울렸던 그 잔혹하고도 슬픈 이름.

이번 생에만큼은 두 자매가 행복한 삶을 꾸리길 바랐는데.

모용청경은 다른 세가들의 습격에 단명하는 대신 마교와 손을 잡았다가 지금은 어디로 갔는지 행방조차 알 수 없고, 언니의 복수를 꿈꾸며 검을 갈고닦아 복수의 화신이 되었던 모용청연은 또다시 마교를 향해 복수의 칼날을 겨누었다.

남궁혁이 새로운 삶을 살게 된 이후 많은 것이 바뀌었다.

또, 많은 것들이 변하지 않았다.

마교는 여전히 중원을 호시탐탐 노리고 있고, 중원 침공에 대한 야욕을 접지 않았다.

모용세가 또한 이전 삶과 마찬가지로 마교와 손을 잡았다.

그리고 모용청연 또한, 이전과 마찬가지로 복수의 화신이 되었다.

사소한 것들은 바뀔지언정, 큰 운명은 변하지 않는 걸까?

그렇다면 남궁혁 자신도 이전 생에서 마교의 침공에 목숨을 잃었던 것처럼, 그렇게 허망하게 죽게 될까?

지금까지 이루었던 것들이 모두 소용없을 정도로?

아니. 절대 그렇게 호락호락하게 당하진 않으리라.

절대로.

"슬슬 내려가죠."

남궁혁은 표정을 풀고 할미 거지를 바라보았다. 꽤 정이 들었는지 걱정스러운 얼굴로 남궁혁을 바라보던 할미 거지가 씨익 웃었다.

"그려. 가서 술이나 한 잔 할껴?"

"좋죠. 근데 개방의 싸구려 죽엽청은 말고요."

"그러면 네가 내야 할 터인디. 나 돈 없다?"

"네네, 제가 살게요."

"거 있잖어, 구걸 그 영감이 너한테서 백오주(白烏酒)를 얻어먹었다는 야그를 들었는디, 그게 그렇게 맛이 기가 막힌다제?"

할미거지의 은근한 말에 남궁혁의 입가에 미소가 조금 피어올랐다.

"진한 맛이 일품이죠. 제가 그거 사 드릴게요."

"것이 참말이제? 야그들아 뭣하냐, 후딱 정리 안 하고!"

할미 거지가 타구봉을 흔들면서 거지들을 재촉했다.

남궁혁은 그 모습을 지켜보다가 문득 먼 하늘을 바라보았다.

하늘하늘 눈이 내리는 풍경.

언젠가 이 풍경을 다시 보면서 모용청연과도 술을 한 잔 나누고 싶다.

그녀가 복수의 화신이 되는 것을 막지는 못했지만, 적어도 그 외로운 길을 함께 가 주는 친구가 되어 줄 수는 있으리라.

남궁혁의 그런 마음을 위로라도 하듯, 하얀 눈이 그의 어깨로 소복소복 내려앉았다.

第三章
적수성연(積水成淵)

　늦은 밤. 무림맹 대회의실로 사람들이 속속들이 모여들기 시작했다.

　무림맹 각 부서의 수장들과 원로들, 그리고 대문파와 세가에서 대표로 내보낸 사람들이 하나둘 회의실로 향했다.

　그런 위세 있는 사람들만 회의실로 향하는 건 아니었다.

　갑작스러운 회의 때문에 회의실 주변을 경계하러 가는 경비 무사들도 있었다.

　대회의실에 사람이 모이는 건 그렇게 흔한 일이 아니었으니까.

　하지만 대회의실로 가는 무림맹의 중진들도, 경비를 서

러 가는 하급 무사들도 그리 심각한 얼굴은 아니었다.

털레털레 회의실로 걸음을 옮기던 삼우가 하품을 크게 하며 물었다.

"흐아암, 대체 이 밤중에 또 무슨 일이래. 교대 시간 다 됐었는데."

"모용세가 쪽에서 무슨 일이 있다는 거 같은데? 마교랑 관련된 일이라더라."

막 교대돼서 나온 문정이 답했다. 그는 무림맹 총 군사 제갈민의 처소를 청소하는 하녀와 은밀한 관계에 있어서 이런 뒷소문을 잘 듣는 편이었다. 이걸 알고 있는 걸 보니 분명 교대 서기 전에 그 하녀를 만나고 온 게 분명했다.

"지겹다, 지겨워. 이번엔 뭐려나."

마교와 관련된 일 때문에 무림맹은 한동안 이런 식의 회의가 많았다.

처음에는 매 회의마다 이번에는 무슨 충격적인 얘기가 오갈까 다들 긴장했지만 시간이 갈수록 충격은 점점 덜해졌다.

게다가 마교가 중원 무림에서 완전히 발을 빼면서 무림맹이 계속 허탕을 치다가 사성체제를 중단한 탓에 무림맹 사람들은 마교와 관련된 일에 면역이 생긴 상태였다.

마교와 관련된 화제는 이제 너무 오랫동안 씹어 아무 맛도 안 나는 싸구려 육포 같은 느낌이랄까.

이 또한 마교의 노림수일지 모른다고 경계하는 사람도 있었지만, 기껏해야 총 군사 제갈민이나 남궁세가의 가주 남궁현열 정도였다.

어쨌든 일은 일이니까 경비 무사 삼우와 문정은 회의실 바깥에 서 경비를 시작했다.

바깥의 경비 무사들이 이 화제를 지루해하건 말건, 내부는 상당히 긴장된 분위기였다.

누군가는 도착하기 전 회의를 소집한 상세한 이유에 대해 들은 상태라 그랬고, 그 외의 다른 이들은 이유를 알고 있는 이들의 심각한 표정 때문에 긴장해 있었다.

그 긴장하고 있는 이들의 대부분은 각 가문과 문파의 대표들, 그러니까 웬만한 일에는 안색 하나 바뀌지 않는 거물들이었으니까.

아직 한 자리가 비어 있었지만 제갈민은 회의장 안을 둘러보고는 자리에서 일어났다.

"맹주님이 병환으로 인해 한동안 자리를 비우심에 따라 이 회의는 맹주 대리인 제가 주관하도록 하겠습니다."

모두들 맹주 도맹건이 없다는 사실을 별로 의아하게 생각하지 않았다.

사실 그 정도 되는 무인이 병환으로 인해 아프다는 것 자체가 웃기는 일이었다.

육체적으로 병을 앓을 일이 거의 없는 무인이 맹주 자리까지 내버려 두고 아프다는 게 무슨 뜻이겠는가, 마음의 병이다.

사성체제가 출범했을 당시 무림맹을 휘어잡고 정파의 모두를 자기 발밑에 두지 못한 것이 병이 된 것이다.

이 자리에 있는 모두가 그 사실을 다 간파하고 있었다. 물론 제갈민이 일부러 그 사실을 흘린 덕도 있지만.

모든 게 제갈민의 뜻대로 착착 잘 진행되고 있었다. 그는 남궁세가의 자리에 앉아 있는 남궁현암을 바라보았다.

제갈민은 남궁현암을 차기 무림맹주로 만들 생각이었다. 이미 남궁가주와도 얘기를 끝냈다. 그래서 그가 남궁현열 대신 이 자리에 와 있는 것이다.

남궁현암은 이런 자리가 약간 어색한 듯 불편한 표정을 하고 있었지만 상관없었다. 어차피 자리가 사람을 만든다. 그도 맹주 자리에 오르면 이런 회의가 익숙해지리라.

어쨌든, 오늘의 안건은 남궁현암의 무림맹주 추대 건이 아니었다.

"이번에도 마교입니까?"

한 중년인이 잠깐의 침묵을 참지 못하고 물었다. 강소성의 한 중견 문파에서 파견된 대표였다.

평소에도 눈치가 빠른 것으로 유명한 이라 제갈민에게 도착한 소식을 얻을 만큼의 힘이 없었지만 적당히 알맞은 질문을 할 수 있었다. 제갈민이 그를 보며 싱긋 웃었다.

"네, 이번에도 마교입니다. 다만 그들이 조금 다른 접근 방법으로 정파에 위해를 가하려 했다 말하고 싶군요."

"다른 접근 방법이라니, 그게 무슨 말입니까 군사?"

마교의 일 때문에 이곳에 소집됐다는 걸 아는 이들도 제갈민에게 시선을 돌렸다.

제갈민은 이런 순간이 좋았다. 자신이 정보와 전략을 독점하고 있어서 모두가 자신의 입만 바라보고 있는 상황이.

"모용세가가 마교와 결탁했습니다."

이제는 놀랄 것도 없다고 믿고 있던 사람들의 같잖은 믿음이 깨져 나갔다.

그 믿음이 깨져 나간 자리에는 놀라고 얼빠진 표정들, 그리고 숨 막힐 듯한 침묵만이 자리했다.

"상황이 상당히 심각했습니다. 모용세가는 세가원 전원이 마교와의 결속에 대해 알고 있었고, 이에 대해 대부분이 찬성을 던졌습니다. 아시다시피 무림맹 요녕 지부는 대부분이 모용세가의 사람이라 마교와 관련된 흔적이 있어도 침묵하거나 증거를 인멸했습니다. 무림맹 본부에 있던 모용세가의 세력들도 비슷한 일을 저질렀을 것이라 봅니다. 오기 전에 모용세가와 관련된 이들을 전부 구금했습니다."

그러고 보니 이런 대 회의에 모용세가 대표가 보이질 않았다. 그걸 깨달은 사람들은 계속해서 이어지는 제갈민의 말에 귀를 기울였다.

"그렇다면 그 일이 대체 어떻게 알려진 겁니까? 모용세가는 지금 어떻게 된 겁니까?"

"가주인 모용태환이 죽고, 장로들은 대부분 붙잡혔습니다. 하지만 모용세가의 무력이라 할 수 있는 주요 부대들은 도주한 상태입니다. 그리고 이번 일은 지난번과 마찬가지로, 남궁장인가의 기린지장이 큰 역할을 했습니다. 요녕 지부의 개방도들도 모용세가를 진압하는 데 큰 도움을 주었지요. 이 자리를 빌어 남궁세가와 개방에 큰 감사를 드립니다."

"또 남궁혁인가?"

"대단하군. 금화전장에 이어서 모용세가의 음모까지……."

"좀 더 상세하게 말씀드리자면 전말은 이렇습니다. 모용세가와 마교가—"

제갈민의 입에서 사태의 진상에 대한 얘기들이 이어질수록 사람들의 표정은 경악에 경악을 더해 갔다.

지금까지는 그저 개인의 일탈에 불과했다. 아니면 마교

가 몰래 숨어들어 가장하고 있거나.

금화전장이 배신을 하긴 했지만 금화전장은 시작부터 마교의 지원을 받았던 곳이고 전대 장주와 그 아들만 직접적으로 연관이 있을 뿐 전장 전체가 마교와 결탁한 건 아니었다.

그 덕분에 금림상단이 금화전장을 흡수해 계속 안정적으로 운영하는 게 가능하지 않았나.

하지만 이번엔 다르다. 세가 전체가 마교와 결탁한 것이다.

구파일방과 오대세가의 영향력은 어마어마하다.

특히 다른 문파들과 거리가 있는 모용세가는 요녕 지방에서의 영향력이 이루 말할 수 없을 정도였다.

다행히 모용세가의 전력들이 빠져나가 사특한 수를 쓰려다가 그 음모가 원천 봉쇄되고 지도부를 붙잡았다지만, 원래 계획대로 마교와 모용세가의 연합이 진행되었더라면 정파 무림은 상당한 곤경을 겪었으리라.

"그럼 그렇지. 어차피 모용세가는 새외나 다름없는 곳이었습니다!"

"맞소. 모용가는 전에도 우리를 배신하고 새외와 손을 잡은 자들이 아니오! 그들을 다시 정파 무림의 품으로 받아주지 말았어야 하는 것을……! 우리가 너무 어리석었소!"

모용세가를 규탄하는 말들이 사방에서 쏟아졌다.

하지만 모두가 그에 동조하는 것은 아니었다. 상석에서 내내 침묵을 지키고 있던 남궁현암도 그중 하나였다.

그는 시끄럽게 떠드는 이들을 향해 강한 기운을 내뿜었다. 이 자리에 있는 이들을 전부 압도할 만한 기세였다.

덕분에 대회의실은 조용해졌고, 모두의 시선이 남궁현암을 향했다.

"그만들 하십시오."

"뭘 그만 하라는 거요? 청마일검은 모용세가의 수작이 섬뜩하지도 않소이까?"

청성파의 원로가 남궁현암을 노려보듯 바라보며 말했다.

그는 남궁현암이 별로 마음에 들지 않았다. 제갈민이 그를 맹주로 추대하기 위해 데려왔다는 것은 웬만큼 눈치가 있는 자라면 다 알고 있었다.

청마일검이 누군가.

청결에 대한 도가 지나쳐 청마일검이라는 별호와 함께 놀림거리가 되는 데다가, 세가 내에서 이렇다 할 업무를 한 번 맡은 적도 없이 무공 수련에만 몰두한 이다.

아무리 무림맹주 자리가 문파 간 알력의 결과물이라지만, 그래도 일상적인 업무와 중요한 결정을 내리는 자리라는 건 변함이 없다.

그런데 남궁세가에서 결재 도장 한 번 찍어 본 적 없는 자가 맹주 후보라니.

앞으로의 상황이 아주 뚜렷이 그려졌다. 매 번 남궁세가 본가에 의견을 묻기 위해 결정을 미루는 맹주와 발만 동동 구르는 원로들. 일상 업무에 차질이 생겨 체제가 마비되는 일들까지.

무림맹에 파견된 각 문파의 원로들은 대체로 정치술이 좋거나 본문에서 오랫동안 일상 업무에 주력해 왔던 이들이다 보니 이런 시선들이 더했다.

게다가 항간에서는 남궁세가가 실력자를 포섭하기 위해 방계도 아닌 자를 방계인 척 양자로 입적해 왔다는 소문도 있는 탓에 은근히 남궁현암을 낮춰 보는 이들도 있었다.

남궁현암은 이들의 시선을 모두 덤덤하게 넘겨 버리고 말을 이었다.

"저 또한 이 사실이 놀랍습니다. 모용가주와 검을 겨뤄 본 적도 있고, 모용가의 사람들과 친분을 나눈 적도 있으니까요. 하지만 그 모든 걸 차치하고서, 모용세가는 중소문파도 아니고 오대세가 중 하나로, 결코 부족함이 없던 가문이었습니다. 그 정도 되는 이들이 왜 마교와 결탁하게 됐는지, 우리가 그들을 섭섭하게 한 건 아닌지 생각해 봐야지, 그들을 새외라고 무작정 몰아세우는 건 안 될 일입니다. 그렇게 문제를 기피했다가는 제 이, 제 삼의 모용세가가 나올 겁니다. 그거야말로 마교의 노림수가 아니겠습니까? 정파 무림이 안에서부터 무너지는 것 말입니다."

"남궁 대협의 말이 맞습니다."

"지극히 당연한 생각이십니다."

쉽사리 끼어들지 못하던 이들이 남궁현암의 말에 동의를 표했다.

특히 그간 무림맹 내에서 여러 번 설움을 겪었던 이들이 남궁현암의 말에 크게 공감했는지 여기저기서 옳소, 옳소! 외쳐 댔다.

이러한 분위기를 제갈민은 흥미롭게 보고 있었다.

그도 다른 사람들처럼 남궁현암이 무림맹주에 완벽하게 적절한 인물은 아니라고 생각해 왔다.

또한 그 때문에 남궁현암을 원했다.

무림맹과 남궁세가는 거리가 있어서 언제나 남궁가주의 마음대로 남궁현암을 조종할 수는 없으니까.

그럴 때 제갈민이 나서서 그의 결정을 휘두를 수 있을 정도의 무림맹주, 그게 남궁현암이었다.

하지만 조금 생각이 달라졌다. 남궁현암은 결코 무식하게 검만 휘두를 줄 아는 무인이 아니다.

제갈민이 이번 대회의 때 남궁현암의 입지를 조금 다져

주려고 했는데, 이미 저 발언으로 중소문파와 일부 대문파의 호감을 사지 않았는가.

전략을 수정해야 했다. 허나 그것이 나쁜 방향은 아니었다. 유능한 맹주는 총 군사로 하여금 일하는 보람을 느끼게 하니까.

그렇다면 지원을 해야지. 제갈민이 입을 열었다.

"저 또한 그렇게 생각합니다. 이번 일은 단순히 한 세가의 반역으로 이해해서는 곤란합니다. 마교가 모용세가 정도 되는 곳을 포섭했다는 건, 모용세가보다 규모가 작은, 그치만 정파 무림에 서운한 마음을 갖고 있는 중견, 중소 문파를 대거 포섭할 수도 있다는 뜻입니다."

"고작 중소 문파가 뭐 그리 대단합니까?"

"말씀이 너무 심하십니다!"

몇몇 중소 문파의 대표들이 자리에서 벌떡 일어났다. 남궁현암과 제갈민이라는 든든한 뒷배가 있는 입장이니 그들의 입에서도 평소보다 더 큰 소리가 나왔다.

제갈민은 양손을 내저어 사람들을 조용히 시킨 후, 아까 중소 문파가 뭐 그리 대단하냐고 물은 공동파의 장로를 향해 입을 열었다.

"중원 무림에 얼마만큼의 문파가 존재하는지 알고 계십니까?"

"그건 모르겠소만, 어차피 개미가 모여 봤자 개미떼가 아니오?"

제갈민은 싱긋 웃었다. 과연 정파 중에서도 힘의 논리가 강하게 작용하는 공동파다웠다.

"흔히 대문파로 불리는 구파일방과 오대세가가 열다섯 개, 중견 문파로 불리는 곳이 각 지역별로 두세 개, 중소문파는 백여 개가량 됩니다. 아무리 구파일방과 오대세가가 막강한 전력을 가졌다고 해도, 중소 문파들을 합치면 그 세력이 만만치 않지요. 중소 문파는 주로 초절정 이상의 무인들이 문주가 됩니다. 천 개 가까이 되는 정파 무림의 중소 문파를 삼분지 일만 포섭한다고 쳐도 초절정 고수가 최소 이백 명에 그 휘하 무사가 수천 명입니다. 제 생각에는 대문파 하나 정도는 능히 상대할 수 있을 것 같군요. 만약 각 대문파의 무도원들이 가세한다면 더 엄청나겠지요."

제갈민은 자신의 계산이 마음에 든다는 듯 씩 웃어 보였다.

그의 계산을 들은 공동파의 원로는 안색을 굳혔다. 그의 계산대로라면 확실히 안이하게 생각할 일은 아니었다.

대문파들은 자신들의 본거지를 지킬 무력도 생각을 해야 한다. 그걸 생각하면 오히려 숫자로 밀릴 수도 있었다. 대문파가 가지고 있는 이점 중 하나, 다수의 고수를 보유하고 있다는 사실이 결코 이점이 되지 못하는 것이다.

제갈민은 그의 안색이 변한 것을 놓치지 않고 말을 이었다.

"지난번 간자를 색출할 때 대문파에서도 간자가 나왔지만, 중소 문파에서도 그 숫자가 적지 않았습니다. 수색이 대문파 위주로 되었던 것을 생각하면 오히려 중소 문파에는 아직도 간자들이 정체를 숨기고 있을지도 모릅니다. 그들이 문파 내부에서 마교와 손을 잡자는 주장에 힘을 싣는다면 아까 제가 얘기한 계산이 현실이 될 수도 있지요."

"그렇다면 중소 문파에 더불어 무림맹 내부를 감찰하는 것도 좋을 것 같군요."

"합당한 의견입니다, 남궁 대협. 혹 청마일검께서 무림맹 내부 감찰을 맡아 주시겠습니까?"

남궁현암이 제갈민을 바라보았다. 이건 남궁세가와 제갈세가가 합의한 사안 중 하나였다.

다짜고짜 남궁현암을 무림맹주로 밀어붙이면 반발이 심할 테니까, 적당한 구실을 잡아 무림맹 내에서 입지를 다지는 것. 마침 감찰부라는 적당한 직책이 생겼다.

"좋습니다. 말을 꺼낸 사람이 책임을 져야지요."

남궁현암이 수락하자 일은 일사천리로 진행됐다.

제갈민은 기존의 감찰부에서 인원을 추려 남궁현암 밑으

로 새로운 부대를 내주기로 결정했다.

그와 동시에 일부 부처를 비상 체제로 돌려놓았다.

맹주인 도맹건이 없으니 사성체제를 다시 출범시킬 수 없고, 또 모용세가가 궤멸되면서 마교의 꼬리도 끊어진 현재 할 수 있는 가장 합당한 선택이었다.

그리고 무림맹 휘하의 각 문파에 마교가 아직 정파 무림에 대한 진출을 포기하지 않았다는 소식은 알리기로 했다.

지난번 일로 인해 상처를 입은 무림맹의 신뢰도 회복할 수 있고, 다소의 명령권도 행사할 수 있으니까.

남궁세가와 제갈세가로서는 남궁혁 덕분에 상당한 수확을 얻은 대회의라고 할 수 있었다.

*   *   *

무림맹 내에서 남궁세가가 상당한 소득을 얻었지만 섬서로 돌아가는 남궁혁의 기분은 처지기만 했다.

남궁혁을 태운 말이 다가닥 다가닥 소리를 내며 걸어가는 소리조차 울적하게 들렸다.

지금까지 남궁혁이 외유를 나갔을 때는 늘 어떠한 결과물, 상당한 소득이 있었다.

말하자면, 언제나 즐겁기만 했다.

가끔 문제가 일어나기도 했지만 집에 돌아올 때 즈음엔 다 정리가 됐거나 남궁혁과 직접적으로 관련 있는 문제는 아니라 그렇게까지 마음이 무겁지는 않았다. 예를 들자면 금화전장과 은태림의 일 같이.

하지만 이번엔 달랐다. 마교의 음모를 쳐부쉈다는 큰 소득이 있었지만, 남궁혁은 소중한 것을 잃었다.

누구에게도 솔직해지지 못하고 새로운 어린 시절을 보내야 했을 때, 서찰로나마 그와 함께해 준 십년지기 친구를.

새로운 삶을 얻으며 많은 것이 달라졌다.

어머니와 아버지, 그리고 자신의 미래를 바꾸었지만 모용청연의 운명만큼은 바꾸지 못했다.

어쩌면 남궁혁이 바꾸었다고 생각한 모든 것들이 다시 순리를 찾아갈지도 몰랐다.

게다가 마교의 활동은 더욱 빨라졌다. 정파가 제대로 방비할 준비를 하지도 못했는데.

이리저리 분투하긴 했지만 실질적으로 얻은 건 없는 것 같아서 속이 갑갑했다.

이전 삶의 정보를 바탕으로 미래를 계획하지만 늘 계획을 수정하고 주먹구구로 일을 해결하기 바쁘다.

인생사 다 그런 거라지만, 이전 삶의 정보를 알고 있는 자신은 조금 달라야 할 거 아닌가.

대체 뭘, 어떻게 해야 할까.

어떻게 하면 다시는 그 운명의 소용돌이에 소중한 사람들이 빨려들지 않게 할 수 있을까.

남궁혁의 생각이 깊어지는 만큼, 남궁장인가의 모습은 한층 더 가까이 다가오고 있었다.

*　　　　*　　　　*

세가에 돌아온 남궁혁은 조용히 뒷문으로 들어와 민도영과 가족들에게만 귀환을 알렸다.

기분이 썩 좋지 않기도 했고, 모용세가와의 일전에 힘을 많이 쏟았던 탓에 집에서 푹 쉬고 싶은 생각이 컸다. 정리해야 할 생각도 많았고.

물론 민도영에게 기린대에게만은 남궁혁의 복귀를 알려 주라고 일렀다.

남궁혁의 직속부대인 그들이 그가 돌아온 걸 돌아온 걸 모른다는 건 말이 되지 않으니까.

그런 기린대의 대주 양명이 남궁혁을 찾아온 건 남궁혁이 돌아온 이튿날이었다.

쉬고 싶으니 웬만하면 자길 찾지 말라고 했는데도 오다니. 어지간히 급한 일인가?

남궁혁은 의아해하면서 자리에서 일어났다. 피로가 덜 가시긴 했어도 양명과 대화를 나누지 못할 정도는 아니었다.

"오랜만에 뵙습니다, 소가주."

양명은 남궁혁의 방에 들어오자마자 예를 취했다.

그래도 오랜만에 자기 사람을 만나는 것은 기분 좋은 일이었다. 남궁혁의 입가에 자연스러운 미소가 번졌다.

"오랜만이에요. 앉아요, 양 대주."

"감사합니다."

남궁혁의 허락이 떨어지자 양명은 그의 앞에 자리를 잡고 앉았다.

"요녕에서 힘을 많이 쓰셔서 정양하셔야 한다는 건 알지만, 긴히 건의를 드릴 일이 있어 찾아왔습니다."

"뭔데요? 허심탄회하게 말해 보세요."

양명의 심각한 표정에 남궁혁의 얼굴에서도 웃음기가 사라졌다.

혹시 다른 문파나 세가로 떠난다는 말을 하려는 건가?

가능성이 없지는 않았다.

남궁혁이 양명에게 있어 은인이라면 은인이지만, 여기는 결국 대장장이가 중심이 되는 문파. 무인인 그가 중심이 되기는 다소 어려웠다.

현재 양명의 실력은 어느덧 절정을 넘어 초절정을 바라보는 수준. 마음만 먹는다면 작은 문파를 차릴 수도, 주변의 야심 있는 중소문파에서 딸을 내주고 그를 소문주로 받아들이려고 할 수도 있다.

무공으로 자신의 이름을 드높이고 자신만의 세력을 갖고자 하는 야심이 있다면 충분히 가능한 얘기다.

그런 얘기라면 남궁혁도 양명을 말리기는 어려웠다. 기린대의 대주도 충분히 인정받는 자리지만, 자기만의 문파를 갖고 싶다는 욕심은 어찌할 수 있는 게 아니니까.

막말로 거절했다가 몰래 도망칠 수도 있지 않은가. 그럴바에는 좋게 좋게 보내 주고 원만한 관계를 맺는 쪽이 훨씬 나았다.

하지만 양명의 입에서 나온 말은 전혀 다른 종류의 말이었다.

"소가주, 저희 기린대를 믿어 주시면 안 되겠습니까?"

"네?"

"저희는 소가주의 품 안에서 수련만 하기를 바라고 기린대에 들어온 게 아닙니다. 남궁장인가를 지키고 소가주께 보탬이 되는 역할을 하고 싶단 말입니다. 저뿐 아니라 모든 대원들이 한뜻으로 바라고 있습니다."

놀람이 먼저 튀어나왔지만, 순식간에 '그러면 그렇지.'

라는 생각과 안도가 찾아왔다.

양명쯤 되는 사람이 공명심에 불타 세가를 뛰쳐나갈 리는 없는 것이다.

남궁혁의 생각을 아는지 모르는지, 양명은 계속해서 진중한 얼굴로 말을 이었다.

"민 총관에게 들었습니다. 이번 요녕행이 저희를 위한 영약을 찾을 목적이셨다고요. 대체 왜 저희를 보내시지 않는 겁니까? 지금까지는 세가의 규모가 작아서, 소가주 직속의 기린대라지만 세가의 방비를 하는 데도 인력이 모자라서 같은 이유를 생각했습니다. 하지만 이제 사검대의 경비는 완벽하고, 새로이 충원되는 부대의 인력도 충분합니다. 저희 기린대는 소가주의 명령을 따를 준비가 되어 있습니다. 솔직히 다른 문파였다면 저희가 해야 할 일을 소가주께서 하시느라 무리하신다는 생각이 듭니다."

남궁혁은 꿀 먹은 벙어리가 되었다.

사실 이 부분은 민도영에게서도 여러 번 지적받은 부분이었다. 그렇게 혼자서 모든 걸 할 수는 없다고.

세가의 크기가 커질수록, 뜻하는 바가 많을수록 수하를 잘 부려야 했다. 하지만 남궁혁은 그런 성격의 사람이 아니었다. 뜻과 정으로 사람을 모으긴 하지만 강력하게 이들을 이끄는 수장으로서는 아직 노력할 점이 많았다.

"저희를 보내 주십시오. 마음껏 이용해 주십시오. 저희는 소가주의 손발이 되기 위해 뼈를 깎는 노력을 해 왔습니다. 저희의 실력이 아직 모자란 것은 저희도 잘 압니다. 이번 일만 해도 모용세가와의 대 일전으로 번졌으니, 저희가 갔으면 몰살을 면치 못했을 수도 있습니다. 하지만, 하지만……!"

양명은 감정이 격해진 듯 말을 잇지 못했다.

저런 마음을 갖고 있는데 소가주인 남궁혁이 혼자서 종횡무진하고 있으니 속이 탈만도 했다.

그래도 휘하의 사람들이 자진해서 나서 주니 다행이랄까.

어쩌면 이런 남궁혁이라 스스로 잘하는 사람들이 그의 밑으로 모언 걸지도 모른다.

이전 삶에서 얻은 정보였기에 자신만 알고 있어야 한다는 생각이 강했을지도 모른다. 민도영에게도 이전 삶에서 얻은 정보는 다 말해 주지 않았다.

사실 자신은 주변 사람들을 아끼면서도, 진정으로 믿고 있진 않았던 걸까.

"알았어요, 대주의 뜻은 잘 알았습니다."

"소가주님!"

"나도 이번 일로 배운 게 많아요. 혼자서 하기에는 많은 부분들이 어렵다는 것도 알게 됐고…… 그래서 말인데, 기린대에게 부탁할 것들이 있어요."

"분부만 하십시오, 저희는 준비되어 있습니다!"

양명의 눈은 마치 불타는 듯했다. 남궁혁이 저승에 가서 귀한 영물을 찾아오라고 해도 기꺼이 목숨을 던질 것 같은 기세였다.

"나를 대신해서 영약들을 모아 줬으면 좋겠어요. 단서는 있지만 위치가 확실치 않은 것도 있어요. 세부적인 내용은 민 총관과 정리해서 알려 줄게요."

"영약을……!"

양명은 본능적으로 깨달았다. 지금 남궁혁은 상당한 기밀 정보를 기린대에게 알려 주려는 것이다.

영약이란 한 문파의 명운을 바꿀 수도 있는 귀물이다.

그런 영약이 하나도 아니고, '영약들'이란다.

남궁혁이 직접 움직이려고 했던 것들이니 그저 그런 하급 영약도 아닐 것이다.

필시 이번에 남궁혁이 가져온 빙연과에 준하거나 그 이상 가는 수준이리라.

"저희를 믿고 임무를 내려 주신다니, 이 양명 진심으로 감동했습니다. 반드시 확실한 수확으로 보답하겠습니다."

양명은 거듭 감사를 표하더니, 이 소식을 대원들에게 알려야겠다며 남궁혁의 방을 나섰다.

어쩐지 큰 짐을 덜어 낸 기분으로 남궁혁은 자리에 누웠다.

진작에 그들을 믿을 걸.

모용세가의 일은 남궁혁이 아니었으면 해결하기 어려웠겠지만 그들을 믿고 자신의 비밀 일부를 내주게 되니 오히려 마음이 편해졌다.

영약을 찾아 세가원들을 강하게 만드는 일을 기린대에게 일임했으니 남궁혁은 보다 큰 그림을 그릴 여유를 갖게 됐다.

마교에 대항할 수 있는 큰 그림.

"……영 생각나는 게 없군."

멍하니 누워 있던 남궁혁은 자리에서 벌떡 일어났다.

아무 생각도 안 나고, 머리가 아프기만 할 때 남궁혁이 하는 좋은 방법이 있었다.

"망치질이라도 하러 가야겠다."

급한 길일수록 돌아가라는 말도 있고, 기본을 잘 다져야 멀리 갈 수 있다고도 한다.

실제로 역사에 길이 남은 고수들은 벽에 막혔을 때 기본을 다시 되돌아봄으로써 해결책을 발견한 경우가 많았다.

이 경우는 조금 상황이 다르지만, 제갈세가도 계략이 막

히면 가장 기초적인 전략부터 검토한다지 않은가.

무인들에게 기본이 삼재검법이나 각 문파의 기초 검법이라면, 남궁혁에게는 대장장이의 일이다.

쇠를 달구고 두드리다 보면 뭔가 해결점이 보일지도 몰랐다.

결정을 내리자마자 남궁혁은 곧바로 작업을 위한 무명옷으로 갈아입고, 날랜 걸음으로 남궁장인가의 대장간으로 향했다.

第四章
기린금과 여일혼원신공

　남궁혁이 세가로 돌아오고 보름.

　남궁혁은 새로운 대장간에 계속 틀어박혀 있었다.

　예전에 남궁혁이 작업하던 개인 대장간은 두 곳으로, 하나는 예전 집이었고 하나는 산속에 있었다.

　그랬던 것을 민도영이 두 곳의 장점을 살려 세가 내에 남궁혁만의 대장간을 만들어 두었다.

　세가에서도 구석진 곳에 있어서 조용하고, 산과 맞닿은 곳이라 지기를 받기도 좋았다. 심지어 계곡물이 흘러내려 오는 곳이 근처라 물을 길어 오기도 편리했다.

　역시 남궁혁을 위하는 마음은 그 누구도 따라올 수 없는 민도영이었다.

그곳에서 그는 계속 망치를 두드렸다.

망치를 두드린다고 무슨 좋은 해법이 나올까?

답은 없었지만 마냥 두드렸다.

아마 수백, 수천 년 전 최초로 금속을 두드렸던 대장장이
도 똑같은 생각으로 망치질을 했을 것이다.

지금의 상황을 타개할 좋은 방법이 나오길 바라면서.

그런 생각으로 계속 화로에 불을 피우던 남궁혁이 마침
내 몸을 일으켰다.

땀으로 범벅이 된 그의 눈동자는 빛나고 있었다. 요녕에
서 돌아와 풀이 죽어 있던 그 남궁혁이 아니었다.

"그래. 방어구를 만들어야겠다."

방어구.

본래 강호인은 방어구를 착용하지 않는다. 너무 거추장
스럽다는 것도 이유였지만, 일단 쓸모가 없었다.

검에 검기를 두르고 한 번만 휘두르면 갑옷도 투구도 나
무토막처럼 썰려 나가니까.

지금도 관에 물건을 대는 대장간에서는 다양한 갑옷과
보호 장구에 대한 개발을 거듭해 나가고 있었지만 무림을
상대로 하는 대장간은 오로지 무기만 만들었다.

하지만 그 방어구가 쓸모가 있다면 어떨까?

검기에도 쉽게 잘려 나가지 않는다면?

남궁혁은 한참동안 두드리고 있던 철판을 집게로 집어 들었다.

철판은 신비로운 색이 감돌고 있었다. 잿빛인 듯 은빛인 듯, 마치 살아 있는 생물처럼 계속해서 색이 변했다.

남궁혁은 철판을 공중으로 휙 던졌다. 그리고 옆에 세워 두었던 장검을 뽑아 검기를 주입하고 철판을 내리그었다.

원래대로라면 서걱— 소리와 함께 종잇장처럼 베어져 나갔을 것이다.

챙그랑—

철판은 저 멀리 튕겨져 나갔다. 하지만 겉면은 멀쩡했다. 베어지기는커녕 흠집도 없었다.

"역시, 생각대로야."

남궁혁은 철판을 다시 집어 들고 유심히 살폈다.

금화전장의 전대 장주가 숨겨 놓았던 의문의 금속.

남궁혁은 보름 동안 새로이 얻은 물건들의 비밀을 푸는 데 집중했다.

안개에 싸인 답을 찾기 위해서는 뭔가 새로운 돌파구가 필요하다고 여겼기에.

금화전장에서 발견한 신기한 금속. 마신녀로부터 받은 마신석. 그리고 모용청경이 갖고 있었던 보랏빛 검.

이 세 가지 중 마신석은 건드릴 생각이 없었고, 모용청경의 검은 주인이 아니란 생각이 들어 함부로 손댈 수 없었다.

그중 남은 게 바로 이 금속이었다.

한없이 가벼운데 신기하게 검기를 막아 낼 정도의 반탄력을 가진 금속.

아무리 자료를 뒤져 봐도 이 금속에 대한 정보는 없었다. 본래 갖고 있던 주인이 죽었으니 그에게 물어볼 수도 없었다.

남궁혁은 이 금속에 자신의 별호를 붙여 기린금이라는 이름을 붙였다.

놀라울 만큼 가벼운 데다가 검기를 튕겨 내는 속성을 갖고 있으니 기린이라는 이름을 가질 자격이 있었다.

그리고 몇 날 며칠의 연구를 거듭한 덕분에 이 금속으로 합금을 만드는 데는 성공했다.

소량의 기린금과 다른 재료들을 결합한 합금.

시험해 본 결과 검강으로는 잘리지만 웬만한 검기는 막아 낼 수 있다.

"지금 갖고 있는 양으로 최대한 아껴서 만들면…… 오십 벌은 만들 수 있겠지?"

마교를 상대한다고 생각하면 턱없이 부족한 양이었지만,

이게 어딘가.

최소한 기린대는 전부 무장시킬 수 있을 것이다.

좀 더 자료를 뒤진다면 이 금속의 정체와 출처도 알아낼 수 있을 거고, 그렇다면 기린금을 더 구할 방법도 찾을 것이다.

남궁혁은 철 조각을 들고 자신의 얼굴을 비춰 보았다.

이전 삶과 별반 다르지 않은 얼굴. 하지만 분명히 다른 얼굴.

결코 패배에 무너지지 않고, 운명에 도전하는 얼굴.

"마교…… 그리고 마신의 힘. 꼭 막아 내고야 말겠다."

남궁혁은 그렇게 스스로에게 다짐하면서 다시 철 조각을 내려놓고 망치를 집어 들었다.

더욱 힘이 들어간 망치질 소리가 남궁장인가의 장원 내에 울려 퍼졌다.

*   *   *

남궁장인가의 총관실은 그 주인의 성격 상 조용한 분위기를 유지할 것 같지만, 사실은 정 반대였다.

이제 무인과 장인, 거기에 사용인을 합쳐 인원이 오백 여 명에 육박하는 중견 세가를 이끄는 총관실에는 하루에도 수십의 사람들이 민도영의 결재를 받기 위해 들락거렸고, 남궁장인가의 정보 부대인 지남단 또한 총관실의 문지방이 닳도록 들락거렸다.

그런 총관실이 조용한 분위기를 유지할 때는 딱 두 경우였는데, 하나는 그녀와 이 세가의 실질적인 주인인 남궁혁이 의논할 게 있을 때였고 두 번째는 지남단의 단주인 여산허와 얘기를 나눌 때였다.

아무래도 지남단 단주인 그와 나누는 얘기들은 일급비밀인 경우가 많았으니까.

오늘도 민도영은 그에게서 기린대의 행방에 대한 보고를 듣는 중이었다.

"그러면 금보화의 확보는 확실해졌군요."

"예, 그렇습니다. 양 대주가 눈에 불을 켜고 영약을 찾고 있다고 하더군요."

기린대는 최근 남궁혁의 명령을 받아 중원 각지의 영약을 찾아다니는 중이었다.

지금까지 수확은 중급 영약 두 종류와 상급 영약 한 종류.

양으로 따지자면 기린대 절반이 복용할 정도.

기린대가 출발한 지 고작 한 달 밖에 안 됐다는 걸 생각하면 훌륭한 성과였다.

남궁혁이 혼자 찾으러 다녔다면 아마 이것보다 더 부족한 결과를 냈을지도 모른다.

지금 이 성과는 남궁혁과 민도영, 그리고 기린대와 지남단 합작의 결과물이니까.

지난번 일에서 교훈을 얻은 남궁혁은 자신이 알고 있는 모든 정보를 내어놓았다. 물론 영약과 관련된 것 한정이었지만.

남궁혁이 갖고 있는 정보는 대체로 막연한 경우가 많았다.

지난번 설곡의 빙연과도 요녕성에 있고, 모용세가가 발견했다는 정보 정도만 알았지 정확한 위치를 아는 건 아니었다.

물론 그 사실을 아는 것 자체도 대단한 거지만, 정확도가 떨어지는 건 어쩔 수 없었다.

그랬던 것을 민도영과 지남단이 정보를 취합, 정리해 보다 정확한 위치를 추정하고 기린대로 하여금 수색하게 하자 확실한 성과가 나오기 시작했다.

이 사실에 대해 가장 기뻐해야 할 것은 남궁혁이었지만, 남궁혁은 최근 자신의 개인 대장간에 틀어박혀 아무 소식도 듣지 않고 누구와도 접촉하지 않았다.

정말 중요한 일이 아닌 이상 민도영마저도 먼저 찾아오

지 말라고 일러둘 정도였다.

어차피 남궁혁이 없을 때도 잘 돌아가도록 체제를 구축해 놓은 터라 별문제는 없었다.

민도영은 큰 지도에 기린대가 찾은 영약을 십자로 표시해 놓고 붓을 내려놓았다.

그리고 문득 생각났다는 듯 여 단주를 바라보았다.

"단주, 혹시 지금 시간 괜찮으십니까?"

"시간이요? 저야 남는 게 시간입니다만……."

여산허는 대답하면서도 말끝을 흐렸다.

민도영이 뜬금없이 시간이 나냐고 묻다니?

웬만한 사람이었다면 민 총관이 자기에게 관심이라도 있는 건가 달콤한 착각을 한 번쯤 해 볼 법도 했지만, 그는 지남단주였다.

남궁장인가의 정보부대의 단주!

그가 지남단을 맡게 된 것은 그에 걸맞은 실력과 지도력이 있어서기도 했지만, 눈치가 좋아서기도 했다.

말하자면, 남궁혁과 민도영의 관계가 반보 전진했다는 사실을 이 세가 내에서 유일하게 눈치 챈 인물이라고 할까.

소문 듣기를 좋아하고 퍼트리는 것도 좋아하는 그였지만, 그는 남궁장인가의 무사였고 소문의 대상은 그의 상관들이었다.

양명만큼은 아니어도 남궁혁을 상당히 존경하고 따르는 이였기에 이에 관한 일에 대해서는 절대 함구하고 있었다.

어느 정도냐면 같이 남궁장인가에 들어와 절친한 친구 사이가 된 양명에게조차 입도 벙끗 안 하고 있는 상황이었다.

"무슨 일 때문에 그러십니까?"

때문에 여산허는 아주 사무적인 태도로 되물었다.

민도영은 빙긋 웃었다.

"소가주께서 오늘 잠시 대장간에 들러 달라고 하셨거든요. 검기를 쓸 수 있는 분과 함께 와 달라고 하셔서."

"아아, 그런 겁니까? 그런 거라면 얼마든지요. 소가주께서 또 뭘 만드셨나 봅니다?"

"그런 것 같습니다."

민도영은 가볍게 대답하고 자리에서 일어났다. 여산허도 그녀의 뒤를 따랐다.

남궁혁의 개인 대장간으로 향하는 민도영의 발걸음은 가벼웠다.

대체 그를 얼마 만에 보는 건지.

핑계를 만들어 찾아갈 수도 있었지만 그렇게 하는 건 민도영의 양심에 어긋났다.

남궁혁이 그녀의 방문조차 거절한다는 것, 그것도 세가

의 업무 보고마저 거절한다는 건 정말 집중하고 싶은 일이 있는 거니까.

총관으로서의 책임감과 정인으로서의 마음. 그 중간에서 균형을 잡는 건 참 쉽지 않은 일이었다.

어느새 두 사람은 남궁혁의 개인 대장간 앞에 도착했다.

망치 소리가 들리는 안으로 들어서자 남궁혁이 기척을 알아채고 망치를 내려놓았다.

"왔어요?"

"예. 부탁하신 대로 여 단주를 데려왔습니다."

"고마워요. 오랜만이에요, 여 단주. 이쪽으로 와요."

남궁혁은 민도영과 여산허를 보자마자 그들을 창고로 데려갔다.

여산허는 마치 재미난 장난감을 보여 주려는 아이 같은 눈빛의 남궁혁을 보며 농담조로 물었다.

"뭐 새로운 무기라도 만드신 겁니까? 이번에는 산을 가를 수 있는 신검인가요?"

"아뇨. 이번에는 무기가 아니에요."

남궁혁은 씩 웃으면서 창고의 문을 열었다.

창고의 안에는 세 개의 나무 인형이 있었다.

사람의 신체와 비슷한 크기로 만들어진 인형들에는 조금씩 다른 모습의 갑옷이 입혀져 있었다.

"이건……?!"

"갑주 아닙니까?"

민도영과 여산허가 동시에 말했다.

"맞아요. 갑옷이에요. 한동안 이걸 만들고 있었어요."

"상당히 특이하게 생겼군요."

여기저기 떠돌아다니던 시절 관에서도 잠시 일해 본 적 있는 여산허는 갑옷에 다가가 형태를 살폈다.

남궁혁이 만든 갑옷은 강사연환갑(鋼絲連鐶甲)의 형태를 하고 있었다.

얇은 철사로 고리를 만들어서 꿴 이 갑옷은 일반 병사들이 걸치는 갑옷이 아니라 장수들이 걸치는 갑옷이라 쉽게 볼 수 있는 건 아니었다.

재료도 판갑에 비해 배는 들고, 뭣보다 손이 너무 많이 가니까.

그래서인지 남궁혁이 만든 이 강사연환갑은 상당히 단순했다.

보통은 팔뚝과 허벅지까지 가리도록 되어 있는데 이건 주요 급소만 보호할 수 있는 정도였다.

하지만 남궁장인가가 갑옷 한 벌 못 만들 정도로 재정에 허덕이는 건 아니지 않은가.

일단 그 궁금증은 뒤로 미뤄 두고, 여산허가 마뜩잖은 얼굴로 입을 열었다.

"그런데 갑자기 왜 갑옷을…… 설마 이걸 잔뜩 만들어서 기린대에게 입히실 생각이십니까? 아무리 가볍다고 해도 거추장스러울 거 같은데요……."

여산허 역시 무림인이라 갑주에 상당한 거부감을 나타냈다.

방어에 도움이 안 된다는 측면을 차치하고서라도, 무림인들에게 갑옷이란 약간 비겁한 느낌을 줬다.

순수한 무(武)가 아닌, 다른 것의 힘을 빌린다는 느낌이 있어서다.

하지만 마교와의 전쟁이 순수한 무를 가리는 건 아니니까.

"이게 거추장스러운 거에서 그칠지, 도움이 될지는 시험을 한 번 해 보고 얘기하죠."

"검으로 저걸 베면 됩니까?"

여산허는 자신만만하게 허리춤의 검에 손을 가져다 댔다.

친구인 양명만큼은 아니지만 그도 꽤 수련을 열심히 한 터라, 이참에 자신의 성취를 남궁혁에게 보여 주고 싶은 마음이 있었다.

하지만 남궁혁의 의도는 전혀 다른 쪽이었다.

"무슨 소리예요. 방어구니까 입어 봐야죠."

"제가요?"

"그래야 이게 거추장스러운지 아닌지 알죠. 자, 어서요."

남궁혁이 계속 권하는 바람에 여산허는 갑옷을 입을 수밖에 없었다.

마음이 안 내켜도 어쩌겠는가. 남궁혁은 그의 상관이고, 이 세가에서 가장 힘이 센 사람인데.

남궁혁이 설마 갑옷 하나 안 입었다고 뭐라고 하거나 그를 내쫓지는 않겠지만, 남궁혁의 말을 거절했다는 얘기가 남들 귀에 들어가는 것이 더 무서웠다.

특히 양명 그 녀석은 자신이 하늘처럼 여기는 소가주의 말을 여산허가 거절했다는 걸 알면 자기를 죽이려고 들지도 몰랐다.

"으음, 이걸 이렇게 입으면 되나······."

여산허가 어찌어찌 갑옷을 꿰어 입는 동안, 남궁혁은 구석에서 적당한 검 한 자루를 집어 들었다.

"다 입었습니다. 이제 어쩔까요? 소가주님과 대련이라도 하는 건가요?"

솔직히 이걸 기대한 면도 있었다. 갑옷의 성능을 시험하려면 일단 싸워 봐야 할 거 아닌가.

남궁혁의 무공은 남궁장인가에서 제일. 강자와의 대련

을 통해 실력을 점검할 수 있다면 갑옷 정도는 입을 수 있었다.

"아뇨. 그냥 서 있으세요."

"네?"

"그냥 서 있으라고요. 입었을 때 움직임은 이미 내가 점검해 봐서 괜찮아요."

"그럼 그냥 서서 뭘 하는 겁니까? 갑옷을 입고 얼마나 오래 서 있을 수 있는가 보시려구요?"

"검기를 막아 낼 수 있는가 시험 해 볼 거예요."

"예?!"

여산허의 눈이 퉁방울만 해졌다. 방금 소가주가 너무 터무니없는 소리를 너무 아무렇지도 않게 한 것 같았다. 뭐로 뭐를 막아?

"잠깐만요, 그냥 검이 아니고 검기를—!?"

여산허가 미처 말을 다 마치지도 못했는데, 그의 눈앞으로 시퍼런 검기가 쇄도했다.

콰앙—!

여산허는 순식간에 창고의 끝까지 튕겨 나갔다.

그나마 그의 두 다리가 한 발 늦게라도 움직인 덕분에 창고 벽에 부딪치는 불상사를 일으키지는 않았다.

"여 단주!"

민 총관이 놀란 얼굴로 여산허를 불렀다.

여산허도 놀라긴 마찬가지였다.

남궁혁의 검이 검기를 머금은 채 날아오는 것. 눈으로는 따라잡았는데 몸이 거의 반응하지 못했다.

"여 단주, 괜찮으신가요?"

"아, 네. 네네. 괜, 괜찮습니다."

정말 무방비 상태에서 받은 공격이었기에 여산허의 넋이 돌아오는 데는 시간이 좀 걸렸다.

민도영은 걱정스러운 얼굴로 여산허를 바라보았다.

하지만 남궁혁은 걱정하지 않았다. 여산허가 민도영처럼 무공을 하나도 안 익힌 일반인도 아니고, 상당한 실력을 갖춘 무인인데 이정도 가지고 놀라 봤자 얼마나 놀라겠는가.

그보다 궁금한 건 다른 부분이었다.

"몸 상태는 어때요?"

"아, 네 괜찮습니다…… 네, 괜찮네요?"

집 나간 얼을 되찾은 여산허가 습관적으로 맞은 부분을 매만지다가 문득 깨달았다는 듯 외쳤다.

갑옷이 멀쩡했다. 몸 안에 입은 상처도 없었다.

검기라는 건 내공을 응축시킨 것이므로 설령 튕겨 낸다 하더라도 어느 정도 내상을 입기 마련이다.

그런데 지금 여산허의 몸은 지극히 멀쩡했다.

마치 그 힘을 흡수라도 한 것처럼.

물론 대련도 아니고 그저 갑옷을 시험해 보고자 하는 목적이니 남궁혁이 최선을 다하진 않았겠지만, 그래도 검기를?

"설마…… 이 갑옷 검기를 튕겨 내거나 흡수하는 기능이 있는 겁니까?"

"맞아요. 잘 봤어요."

남궁혁은 여산허에게로 다가가 그가 입은 갑옷을 살폈다.

갑옷은 역시나 흠집 하나 보이지 않았다.

이건 이미 실험해 본 바였다. 검강에는 잘리지만 검기에는 상처를 입지 않는다.

그럼에도 여산허에게 입혀서 검기를 두른 검으로 공격을 가한 것은 갑옷을 입은 안의 사람이 충격을 받느냐 아니냐를 확인하고 싶었기 때문이다.

남궁혁이 직접 입고 자해를 할 수는 없지 않은가.

게다가 실제로 착용 대상이 될 이들이 입어보고 효과를 확인하는 게 더 나았다.

"세상에…… 검기를 막아 내는 갑옷이라니……."

여산허는 자신이 입은 갑주를 두 손으로 매만졌다.

아끼는 갑옷을 거추장스러운 장식품처럼 생각하는 눈이

었는데, 지금은 마치 귀물을 다루듯이 조심스러운 손이었다.

하긴 귀물은 귀물이었다. 검기를 막아 낼 수 있는 갑옷은 황실에도 없으리라.

게다가 그런 갑옷이 자신에게 주어진다면?

남궁혁은 여산허의 눈빛이 기대감으로 물드는 것을 놓치지 않고 말했다.

"일단 시범으로 세 벌만 만들어 봤어요. 우리 세가 사람들은 사용하는 무기가 각기 다르니까 검, 도, 창에 걸맞은 걸로 한 벌씩. 제대로 생산에 들어가면 한 달 동안 서른 벌 정도는 만들 수 있을 거예요."

"서른 벌이요? 그 거 밖에 안 됩니까?"

"소가주. 지금 장인부의 인원이면 한 달에 이런 갑옷 백 벌은 능히 만들 수 있을 겁니다."

여산허와 민도영이 동시에 입을 열었다.

"나도 알아요. 하지만 이 갑옷을 만들 재료가 부족해서 어쩔 수가 없어요."

"아, 그런 문제였습니까. 그렇다면 어쩔 수 없지요."

바로 납득하는 민도영과 달리 여산허는 아쉬움이 짙게 남은 얼굴이었다.

서른 벌이면 기린대도 전부 무장시키지 못할 숫자다.

아까까지만 해도 저 갑옷을 가질 수 있을지도 모른다는 기대에 부풀었는데, 갑자기 순번에 들 가능성이 극히 낮아진다니.

여산허가 시무룩해질 만도 했다.

민도영도 약간 아쉬운 눈치였다.

그녀도 이제 무림의 생리에 대해 제법 알 만큼 아는지라, 검기를 막을 수 있는 갑옷이 얼마만큼의 가치를 갖는지 대충 짐작이 갔다.

그런 갑옷을 여럿 만들어 낼 수 있다면 세가에 조금 더 보탬이 될 텐데.

그런 두 사람의 표정을 읽은 남궁혁이 품에서 기린금 조각 두어 개를 꺼내 내밀었다.

"그래서 말인데, 이 금속의 정체와 출처를 좀 찾아줘요."

"이게 뭡니까?"

여산허와 민도영이 눈을 동그랗게 떴다.

한쪽은 정보부대의 수장이요, 다른 하나는 만물에 대한 학식이 끝을 모르는 전직 한림원 학사.

그런 그들도 남궁혁이 건넨 금속 조각의 정체를 쉬이 알아보지 못했다.

"모종의 일로 얻었는데, 한 번도 보지 못한 금속이라 편의상 기린금이라고 이름 붙였어요. 이게 검기를 막아 주는 효과가 있죠. 이걸 섞어서 방어구를 만든 거예요."

"호오…… 이걸 찾을 수만 있다면 영약보다 더 큰 수확이 되겠군요. 알겠습니다, 지남단을 움직여 보겠습니다."

"저도 수소문해 보겠습니다."

두 사람은 기린금 조각을 품에 갈무리하고 예를 갖췄다. 한시라도 빨리 수하들에게 명령을 내려 기린금에 대해 알아내고자 하는 마음이 굴뚝같았다.

그런 두 사람, 정확히는 그들 중 한 사람을 남궁혁이 급히 붙잡았다.

"벌써 가요?"

"그야, 시키신 일이 있지 않습니까. 한시라도 서둘러야지요."

민도영은 뭐가 문젠지 모르겠다는 듯 남궁혁을 바라보았다.

남궁혁의 아쉬운 얼굴에도 도통 반응이 없는 민도영을 보곤 여산허가 나섰다. 자신들의 총관은 일 처리에는 매우 유능하지만, 그 외에는 서툰 부분이 있었다.

"총관님, 소가주께 드릴 보고가 쌓여 있다고 하지 않으셨습니까? 이참에 다 논의하고 오시죠. 저는 지남단에게 이 기린금에 대해 말하러 가야 해서 먼저 가 봐야 할 것 같습니다."

"그치만 보고서도 들고 오지 않았는데—"

"웬만한 일은 민 총관 머릿속에 다 있잖아요. 안 그래요?"

여산허가 도와주고 있다는 것을 깨달은 남궁혁이 서둘러 말을 받았다.

"예, 그렇습니다만……."

"서류 없이 일하는 것도 재밌을 거 같은데요. 민 총관이 말로 얘기해 주면 귀에 더 쏙쏙 들어올 거 같고."

그제야 민도영이 이 대화의 흐름이 어디로 향하고 있는지 깨달은 듯, 조심스럽게 입을 열었다.

"……제가 방해해도 괜찮습니까?"

"방해는요. 세가의 업무는 당연히 해야 하는 일인데요. 그래서, 제일 급한 게 뭐예요?"

남궁혁은 그래도 최대한 '이건 일 때문이다.' 라고 보이도록 말을 돌렸다.

아무래도 저 눈치 빠른 여산허가 그들의 관계를 얼핏 눈치 챈 것 같지만, 일단 그들은 대놓고 티를 내지 않기로 약속했으니까.

만약 그의 앞에서 오랜만에 둘이 있고 싶어 남아 주길 바라는 티를 낸다면 민도영은 바로 얼굴을 굳히고 가 버릴 것이다.

"제일 급한 안건은 곧 있을 춘절에 관한 것입니다만—"

다행히 민도영은 곧 업무를 위한 얼굴을 하고 당장 생각나는 안건을 말했다.

남궁혁의 얼굴에 안도의 기색이 돌자 여산허는 빠르게 갑옷을 벗어 원래 자리에 걸쳐 두고 창고의 문을 열었다.

"전 그럼 이만 가 보겠습니다—!"

비록 업무에 관한 얘기를 하고 있긴 하지만 순식간에 자기들만의 세상에 빠져든 그들이 여산허의 인사를 듣기는 한 건지 알 수 없었다.

하지만 창고 문을 닫고 나서는 여산허는 그런 두 사람의 모습이 참 보기 좋다고 생각했다.

*　　　*　　　*

한 해의 마지막 날.

남궁장인가가 있는 섬서 북쪽에서는 한 해의 마지막을 보내며 성대한 축제가 벌어졌다.

거리엔 온갖 모양의 붉은 등이 주렁주렁 달리고, 집집마다 붉은 종이에 상서로운 글을 적어 넣은 춘련과 갖가지 연화를 거느라 분주했다.

마을 여기저기에 있는 공터에서는 가면을 쓴 사람들이

연극판을 벌이고 춤을 추었다.

그야말로 아무 걱정도 고민도 없는 흥겨운 축제.

그런 축제의 한가운데서 민도영은 분주하게 사람들에게 지시를 내리고 있었다.

"그 등은 북서쪽으로 갖다 주고, 창고에서 연화를 더 꺼내다가 남쪽으로 보내 줘요. 춘절 음식들은 잘되고 있나요?"

"예, 총관님. 남궁장인가 식솔 오 백 여명과 거래처 분들을 위한 찬합은 전부 준비됐습니다. 마을 사람들을 위한 음식은 계속해서 만들어 전달하고 있는 중입니다."

"좋습니다. 앞으로도 이렇게 계속 차질 없이 진행해 주십시오."

"네, 알겠습니다."

남궁장인가의 부엌을 맡고 있는 찬모들이 고개를 꾸벅 숙이고는 다시 부엌을 향해 달려갔다.

이번 새해를 맞아 남궁장인가는 그야말로 전쟁이었다.

원래 그렇게 크지 않았던 마을은 남궁장인가가 들어서면서 급격하게 융성해지는 바람에, 관이 그 많은 사람들을 다 관리하지 못하는 상황이었다.

때문에 치안 관리며 축제 준비 등 일반적으로 관이 해야 할 일들을 남궁장인가가 대신 도맡는 경우가 많았는데, 이

번 춘절도 그런 경우 중 하나였다.

특히 이번에는 남궁장인가가 이렇게 성장한 건 마을 사람들의 도움이 크니 크게 베풀라고 말해 둔 남궁혁 때문에, 민도영은 몸이 열 개라도 모자랄 정도였다.

중원 각지에서 이름난 놀이패를 불러 모으고, 춘절 물건을 살 수 없는 빈자들에게도 홍등과 연화를 보냈다.

남궁장인가 사람들과 관련자들에게는 한 해 동안 수고했다는 뜻에서 감사 음식을 보내고, 그냥 마을 사람들에게도 나눠 줄 수 있도록 오늘 하루 배부르게 먹을 수 있는 음식들을 준비했다.

상당한 돈이 들었지만 지금의 남궁장인가는 그 정도는 여유롭게 해낼 수 있었다.

"수고하셨습니다, 총관님. 이제 좀 쉬시지요. 이제 저희가 알아서 하겠습니다."

"하지만……."

"며칠 동안 잠도 제대로 못 주무시지 않았습니까. 조금 쉬시고 총관께서도 축제를 즐기시지요."

민도영은 잠시 갈등하다가 고개를 끄덕였다. 딱히 축제를 즐기고 싶어서는 아니었다.

그녀에게는 축제를 즐기는 것보다 이런 일들을 준비하고 완벽하게 해내는 것이 더욱 보람찼다.

하지만 그런 그녀도 한낱 인간인지라 몇 날 며칠을 무리한 덕에 피로가 어깨를 무겁게 짓누르고 있었다.

그녀가 고군분투한 덕에 모든 것이 잘 돌아가고 있으니, 잠시 쉬어도 나쁘지 않을 것 같았다.

"그러면 부탁드리겠습니다. 무슨 일이 있으면 반드시 제게 알려 주십시오."

한림원에 있을 때는 철두철미한 것으로도 모자라 모든 일을 자신이 혼자 하려고 했던 그녀도 많이 변했다.

그때는 모든 일이 자신의 손이 닿지 않으면 불안하기 짝이 없었다.

타인의 실력을 신뢰하지 못하니까.

그래서 더더욱 미움을 샀다. 공을 독차지하려 한다느니, 뭐가 잘나서 일을 혼자 다 하려 한다느니 하면서 말이다.

안 그래도 여인의 몸으로 한림원에 들어온 그녀를 고깝지 않게 보는 사람들은 점차 늘어났고, 민도영의 실력을 안타까워하는 사람들이 그녀를 챙기려고 노력했지만 본질적인 외로움을 어떻게 할 수는 없었다.

하지만 지금은 달랐다. 주변 사람들에게 믿고 맡길 수 있다.

그들이 민도영이 인정할 만큼 실력이 있고 머리가 좋아서는 아니었다.

남궁장인가 사람들에게는 진심이 있었다. 진심으로 민도영을 도와 모든 일을 잘 해내고 싶어 하는 마음, 남궁장인가라는 이 이름 아래 있다는 것을 진정으로 뿌듯해하는 마음.

모두가 그것을 위해 열심히 노력하고 있다는 것을 믿을 수 있었기에 민도영은 기꺼이 일을 주변에 나누었다.

처음부터 가능했던 것은 아니다. 남궁혁을 보고 배운 것이다.

민도영이 지금껏 보아 온 그는 자신이 부족한 것에 대한 인정이 빨랐다.

대부분의 사람들이 자존심 때문에 자신이 약한 부분을 쉽게 인정하지 못하는 것과는 달랐다.

그래서 민도영에게 총관으로서 도움을 구하고, 남궁옥과 구걸, 그리고 남궁현암에게 배움을 청하고, 제갈세가의 남매에게는 기관진식에 대한 지식과 지략을 빌렸다.

그렇게 모두에게 기꺼이 고개를 숙임으로써 이뤄 낸 것이 바로 이 남궁장인가의 발전.

그것을 눈앞에서 보고도 변하지 않을 만큼 민도영은 꽉 막힌 사람이 아니었다.

그리고 뭣보다, 그렇게 해 보니까 정말 좋았다.

만약이라도 자신이 실수를 하거나, 능력이 부족해지는

날이 온다고 해도 누군가 자신을 받쳐 줄 것이라는 믿음.

한 명이 받쳐 주지 못하면 두 명이, 두 명이 안 되면 네 명이, 네 명으로도 안 되면 세가 전체가.

그 든든함과 믿음이 주는 마음의 평화를 어찌 말로 다 표현할 수 있을까.

안심하고 자신의 거처로 돌아온 민도영은 간단한 옷으로 갈아입고 자리에 누웠다.

새해의 전야제는 밤늦도록 이어질 것이다. 무슨 일이 터진다면 지금이 아니라 그때일 테니까, 조금 자서 체력을 회복해야 했다.

곧 민도영의 거처에서는 조용한 숨소리만이 방 안을 채웠다.

* * *

몇 시진이 지났을까.

민도영은 눈을 뜨고 천천히 일어났다. 방이 어둑어둑한 것을 보니 해가 질 무렵인 모양이었다.

"서둘러야겠군."

그녀는 자리에서 일어나 바로 매무새를 가다듬기 시작했다.

남궁혁과 그 가족들만 모이는 저녁 연회에 참석하기로 했기 때문이다.

가족들만 모이는 자리에 자신이 끼기가 뭐해서 한사코 거절했지만, 남궁혁의 어머니인 소연화부터 아버지 남궁규원, 진우와 진하까지 매달려 꼭 오라고 당부하는 바람에 안 갈 수가 없었다.

사실 가족이나 다름없는 사이라는 건 스스로 잘 알고 있었지만, 그 가족들 중 남궁혁만이 유일하게 그녀를 초대하지 않았다는 게 마음에 걸렸다.

물론 남궁혁은 요새 기린금을 섞은 합금으로 갑옷을 만드느라 분주했다.

남궁혁은 그 갑옷을 기린갑이라 명명했는데, 기린갑 서른 벌을 만들기 전까지는 대장간에서 나오지 않겠다고 말한 바 있었다.

그리고 실제로 한 발짝도 나오질 않아서, 진우가 직접 식사 등의 수발을 돕고 있었다.

민도영은 민도영대로 춘절 준비에 바빴으니 남궁혁이 그녀를 초대할 시간이 없었던 게 맞지만.

홑옷을 입은 민도영은 자신의 앞에 놓인 두 벌의 옷을 보며 고민에 빠졌다.

왼쪽에 놓인 것은 평상시 민도영이 업무를 볼 때 입곤 하는 흰색의 문사복, 오른쪽에 놓인 것은 가끔 여복을 차려입고 싶을 때 입는 무명옷이었다.

바지와 치마라는 차이가 있을 뿐, 비슷한 재질에 비슷한 심심함을 갖고 있는 옷들이라, 어떤 이들은 이 두 벌의 옷을 잘 구분하지 못하기도 했다.

하지만 이 두 옷에는 분명 차이가 있었다. 남복을 할 때면 머리를 들어 올려 건을 두르고, 여복을 할 때면 으레 여인들이 그러듯 귀밑머리를 길게 늘어트리니까.

어쨌든, 민도영이 고민을 하는 건 남궁혁 때문이었다.

오랜만에 정인 아닌 정인을 만나는데, 화려하진 않아도 곱게 차려입고 싶은 마음이 새록새록 솟아오르다가도, 언제 무슨 일이 터져서 바쁘게 뛰어다닐지 모른다는 생각이 들면 남복 쪽으로 눈이 갔다.

한참을 고민하던 그녀의 손은 결국 문사복 쪽으로 향했다.

혹시라도 문제가 발생해 바쁘게 돌아다닐 일이 생겼을 때, 치마를 입어서 불편하고 잘 움직이지 못하게 되는 건 싫었다.

그것도 남궁혁에게 잘 보이려고 그랬다가 그런다면 자신은 스스로 얼굴을 들고 다닐 수 없으리라.

결정을 내리자 민도영은 빠르게 옷을 갈아입었다. 해가

지고 있는 밖의 하늘로 봐서는 슬슬 출발해야 늦지 않고 남궁혁 가족들의 연회에 참석할 수 있을 것 같았다.

'그래도 오랜만에 소가주를 뵙는 건데……'

답지 않게 미련이 계속 그녀의 발목을 붙잡았다. 민도영은 한 번 내린 결정을 후회하는 성격이 아니었다.

한림원을 그만두고 돌아왔을 때나, 남궁혁을 선택해 남궁장인가의 총관으로 들어왔을 때도 그랬다. 힘든 일들은 있었지만 후회를 한 적은 없었다.

그런데 이 여심이 뭐라고 이런 하찮은 고민을 하게 만드는 걸까.

"……머리 장식이라도 할까."

민도영은 서랍을 열었다. 그곳에는 지난날 남궁혁이 무림맹에서 사다 준 머리 장식이 곱게 놓여 있었다.

오로지 은으로만 멋을 낸 단순하면서도 아름다운 장식.

마치 민도영의 모습을 그대로 옮겨 놓은 것 같은 이 장식을 꺼내는 일은 아주 손에 꼽았다.

직접 머리에 꽂고 나간 적은 한 번도 없었다. 그저 기분이 좋지 않은 날 꺼내서 가만히 만져 보고 다시 넣어 놓기만 했다.

마치 함부로 꺼낼 수 없는 자신의 연심 같아서. 그런 것을 오늘은 직접 하고 나가기로 결심했다.

머리를 가볍게 장식하는 것 정도야 무슨 일이 일어나도 방해가 되지 않을 테니까.

민도영의 고운 손이 부드럽고 풍성한 검은 머리카락을 그러모았다.

가벼이 모양을 만들고, 그 위에 머리장식을 얹자 마치 은 빛의 나비가 민도영의 머리 위에 살포시 앉은 것 같았다.

비록 옷차림은 사내의 복색이요, 머리는 여인의 것이라 우습기는 했지만 민도영은 만족했다.

이성과 마음을 동시에 충족시키는 참으로 합리적인 옷차림이었다.

후회는 문을 나서면서부터 시작됐다.

민도영과 눈을 마주친 사람들은 모두들 순간 놀라거나, 당황하거나, 웃거나, 이상한 표정을 지었다.

여인인 민도영이 완벽한 남복을 하고 다니는 거야 이제 익숙한 일이기도 했고, 그만큼 흠 없이 잘 어울렸기에 다들 별 생각이 없었다.

하지만 남복에 여인의 머리 모양은 좀 웃기긴 했다. 토끼의 몸에 호랑이 얼굴이 달려 있는 걸 보는 것 같달까.

태연하려고 했지만 지나다니는 모든 사람들의 반응이 그에서 벗어나질 않으니 민도영도 점점 낯이 홧홧 달아올랐다.

세상에 구경거리가 되고 싶은 사람이 누가 있겠는가.

'대체 내가 무슨 생각으로……!'

부끄러움으로 달아오른 얼굴을 하곤 민도영은 빠르게 걸음을 옮겼다. 사람들의 시선에서 벗어나고 싶었지만 그것도 여의치가 않았다.

민도영이 누군가, 남궁장인가의 총관이다. 누구나 인사를 하고 지나가야 하는 그런 사람인 것이다.

몇몇 사람들은 픕 웃었다가 민도영의 딱딱하게 굳은 얼굴을 보고 실례했다며 머쓱하게 물러나기도 했다.

당장이라도 갈아입고 싶었지만 이미 너무 멀리 와 버렸다. 남궁혁 가족이 있는 처소가 바로 코앞이었다.

지금이라도 돌아갈까, 이런 모습으로 식사를 하느니 조금 늦는 게 더 예의에 맞을지도 모른다.

그런 생각으로 민도영이 뒤를 돌았을 때, 남궁혁이 그녀를 불렀다.

"왔어요? 다 왔으면 들어가지, 어디 가세요?"

"소가주님, 저 죄송하지만 잠시 제 거처에 다녀오겠—"

남궁혁의 시선이 횡설수설하는 민도영의 머리로 향했다. 남궁혁도 이상한 점을 느낀 것이다.

민도영은 지금 당장 쥐구멍이 있다면 달려가 숨고 싶은 심정이었다.

하지만 남궁혁의 반응은 다른 이들과는 정반대였다. 그는 사르르 웃으며 민도영의 머리 장식을 바라보았다.

"그 머리 장식, 드디어 해 줬네요. 역시 생각대로예요. 정말 잘 어울려요."

순간, 민도영은 여기까지 오는 짧은 시간 동안 느꼈던 부끄러움이 순식간에 녹아 사라지는 것 같았다.

남궁혁은 그대로 민도영의 등을 떠밀어 가족들의 거처 안으로 데리고 들어왔다.

남궁혁 가족들의 반응도 남궁혁과 크게 다르지 않았다.

소연화와 진하는 민도영의 머리에 꽂힌 장식을 보며 칭찬을 건넸다.

특히 진하는 요새 금은과 보석 세공 기술을 연마하는 데 여념이 없어서 민도영의 머리 장식에서 눈을 떼지 못했다. 단순한 모양새기는 해도, 단순함에서 아름다움을 끌어내는 것이 더 고수의 기술이니까.

어릴 때는 자신들을 구해 주고 길러 준 남궁혁을 연모했기에 민도영에게 거리감을 두던 진하였지만, 요새 진하에게는 새로운 사람이 생겼다.

새로운 사람이란 두말할 것도 없이 제갈세가의 제갈화천.

처음에는 서찰이나 주고받는 친구 정도에서 그치려나 했

는데 제갈화천이 진하를 사로잡기 위해 엄청난 노력을 기울인 덕분에 그들은 남궁장인가와 제갈세가에서 공인된 정인 사이가 되어 버렸다.

앞으로 혼인까지 갈 수 있을지는 잘 모르겠지만.

하여간 그 때문에 민도영과도 마치 나이 차이가 많이 나는 언니 동생처럼 잘 지내고 있었다.

이 넓은 세가 내에서 민도영을 민 총관이 아닌 언니라고 부르는 이는 진하 하나일 정도니까.

민도영도 자매가 없었던 터라 진하를 무척 아끼고 귀여워했다.

"그나저나 언니, 언니가 하고 있는 그 머리장식이요. 우리 사부님이 입고 있는 옷감이랑 정말 잘 어울릴 거 같아요."

"그래, 진하가 말 잘 했구나. 나도 그렇게 생각하던 참이란다."

소연화가 진하의 말을 거들었다. 가족 간의 연회인지라 분위기는 조촐했다.

남궁규원과 소연화가 상석에 앉았고, 오른쪽에는 남궁혁과 진우가, 왼쪽에는 민도영과 진하가 앉아 있었다. 그러다 보니 자연 남자들은 남자들끼리, 여자들은 여자들끼리 대화를 하는 분위기가 되었다.

진하가 말한 남궁혁의 옷은 검푸른 비단옷이었는데, 평소 남궁혁의 차분한 성격과 참 잘 어울렸다. 민도영이 걸쳐도 분위기가 조화로울 것 같은 색이었다.

"저 색이 혁이에게 참 잘 받지? 진련 상단주가 춘절 선물로 가져온 비단이란다."

"예, 소가주께 정말 잘 어울립니다."

민도영은 부드러운 미소를 띠우고 오랜만에 가족들과 즐거운 시간을 보내는 남궁혁을 바라보았다.

민도영의 시선을 느낀 남궁혁이 잠깐 그녀를 돌아보고, 가볍게 눈웃음을 치자 민도영은 고개를 싹 돌려 버렸다.

남궁혁은 머쓱해 다시 아버지에게로 시선을 돌리며 말을 이어 갔다. 하지만 바로 곁에 있던 소연화와 진하는 그녀의 양 볼이 은은하게 물들어 있음을 눈치챘다.

"생각해 보니 혁이가 입은 저 비단이 꽤 많이 남았는데…… 옷 한 벌 정도는 더 지을 수 있을 것 같구나."

"그러면 언니 한 벌 해 주세요, 대사모님. 언니 머리장식이랑 정말 잘 어울릴 것 같아요"

"진하가 생각하기에도 그렇니?"

"아, 아닙니다, 가모님. 제 옷은 지금으로도 충분합니다."

민도영은 답지 않게 손사래까지 쳐 가며 거절했다.

이번에야말로 확실하게 두 사람 사이를 밀어붙이려던 소연화는 내심 실망했다.

같은 비단으로 지은 옷을 나란히 입혀 두면 주변에서도 이 두 사람이 어떤 관계려니 어림짐작을 할 거 아닌가.

주변의 그런 시선에 둘러싸이면 은근히 분위기가 조성되는 법이니까.

두 사람이 서로 적극적으로 나서질 않으니 이런 방법으로라도 둘을 엮어 보려는 소연화였다.

하지만 이렇게까지 거절하는 걸 보니 혹시…… 민도영이 남궁혁에게 마음이 없는 건 아닐까? 아니면 아예 마음을 접었다거나?!

속사정을 모르는 소연화는 혼자 애가 탈 뿐이었다.

그렇게 가족들 간의 연회는 한 여인의 타 버린 가슴(?)만 남기고 화기애애하게 끝이 났다.

*   *   *

가족들간의 연회가 끝난 후, 남궁혁과 민도영은 시찰이라는 이름하에 나란히 세가를 나섰다.

사실 말이 시찰이지 민도영과 시간을 보내고 싶었던 남궁혁이 부린 잔꾀였다.

일이라는 말에 민도영도 거절하지 않고 남궁혁을 따라나섰다.

하지만 춘절 전야에 축제 시찰을 나간다는 게 어디 일이겠는가.

남궁장인가의 정문을 나서자마자 두 사람은 활기찬 축제 인파에 휩쓸렸다.

여기저기서 두 사람을 알아보고 인사를 건넸고, 노점의 상인들은 돈도 받지 않고 두 사람에게 음식을 안겨 주었다. 아이들은 '남궁장인가의 소가주님이랑 총관님이야!', '먹을 것을 주셔서 감사해요!' 같은 말을 하면서 두 사람을 졸졸 쫓아다녔다.

"활기차네요."

"전부 소가주의 은덕이십니다."

"내가 뭘 했다고요. 맨날 집 떠나 있고, 집에 돌아와도 망치로 쇠 두드리기 바쁜데."

"소가주께서 그렇게 안팎으로 노력하시니 이만큼 세가가 발전한 것 아니겠습니까."

"누누이 말하지만 내가 그렇게 안팎에서 열심히 할 수 있는 것도 다 민 총관이 집을 잘 지켜 주기 때문이라니까요."

서로에 대한 덕담을 주고받은 두 사람은 풋 웃었다.

누가 이 대화를 듣는다고 해도 새해 덕담으로 적당히 넘길 수 있을 테니 거리낄 것도 없었다.

"그러고 보니 아까 어머님이랑 진하랑 하는 대화를 들었는데, 혹시 나랑 같은 비단으로 지은 옷을 입기 싫은 건 아니죠?"

"설마 싫겠습니까."

인파에서 빠져나와 한적한 언덕으로 가는 길이라 민도영의 말은 거짓 없이 답했다.

그래, 설마 싫기야 하겠는가. 자신과의 관계를 드러내고 싶지 않다는 민도영의 생각 때문이겠지.

"그러면 그냥 받아 둬요. 민 총관이 늘 같은 옷만 입는 게 신경 쓰이셨나 봐요. 그래도 민 총관이 우리 사람들 중에 우리 가족과 가장 오래 지냈는데, 옷 한 벌 못 해 줘서 미안하다고 하시더라구요."

소연화가 못 해 준 게 아니라 민도영이 매번 거절해 온 탓이긴 했다.

남궁장인가가 성장하면서 민도영의 급료도 상당해졌다. 자신이 그만큼이나 큰 급료를 받는데 옷까지 선물 받는 건 너무 과분하게 느껴졌던 것이다.

"이참에 민 총관 입을 거 몇 벌 더 해 달라고 해야겠어요. 검소한 것도 좋지만 민 총관은 우리 세가의 얼굴이잖아요. 어느 정도 격이 있는 걸 입는 게 좋을 거예요."

"지당하신 말씀입니다."

남궁혁의 말도 맞았다. 민도영이 만나는 사람들의 급은 점점 더 높아졌다.

처음에는 작은 상단의 상단주나 주변 중소문파의 문주들 정도였지만, 이제는 구파일방과 오대세가의 사절이나 거대 상단의 상단주와도 대등하게 앉는 입장이었다.

물론 흰 무명옷이야 어느 자리에서든 부족하지 않지만 그래도 최소한 흰 비단옷 정도로 격을 높일 필요성은 있었다.

"그리고 솔직히…… 조금 궁금해요. 내 욕심이지만."

무엇이 궁금하다는 것인지 말하지는 않았지만 민도영은 그 말뜻을 바로 알아들었다.

지금도 충분히 괜찮지만 예쁘게 단장한 모습도 보고 싶다는 것. 하지만 자신의 욕심이라며 절대 강요하지 않는 것이 남궁혁다웠다.

"그러면 제가 가모님께 감히 몇 벌 부탁드리겠습니다."

"다행이다. 어머니가 좋아하실 거예요."

남궁혁이 씩 웃어 보였다.

그때 어디선가 슈우우우웅—! 소리와 함께 하늘을 울리는 펑! 소리가 났다.

동시에 까만 밤하늘에 작은 불꽃이 별처럼 반짝였다가

사라졌다.

"아, 시작하나 봐요."

남궁혁과 민도영의 시선이 하늘을 향했다.

아름다운 불꽃이 파편처럼 쏟아져 하늘을 수놓았다.

오늘을 위해 남궁장인가가 준비한 야심작인 화약이었다.

벽력탄에 쓰이는 화약 가루를 피해가 크지 않게 조합한 후, 놀이용으로 쓸 수 있게 만든 이 화약은 말이 놀이용이지 그 가격이 엄청났다.

특히나 지금 남궁장인가가 여기저기서 쏘아 올리는 이 화약은 황실에서나 쓰는 특급품이었다.

질이며 양이며 남궁장인가로서도 마구 사들일 수 없는 수준이었지만, 여기에 제갈세가가 도움을 주었다.

불꽃놀이를 하고 싶다는 진하의 서찰에 제갈화천이 소가주로서 힘을 쓴 것이다.

물론 화약이라는 물건을 다른 문파로 반출하는 일이라 원로들의 반대가 만만치 않았지만, 남궁장인가로 가는 물건이라는 말에 제갈화영도 도움을 줬다.

덕분에 제갈세가가 벽력탄을 만들 때 사용하는 고급 재료가 저렴한 가격에 남궁장인가로 들어왔고, 이런 대대적인 불꽃놀이를 계획할 수 있던 것이다.

펑―! 펑펑―! 펑펑펑―!

남궁장인가를 중심으로 여기저기서 화려한 불꽃들이 올라왔다. 불꽃이 터지는 소리만큼 사람들의 탄성소리도 터져 나왔다.

남궁혁과 민도영이 있는 곳에는 사람이 별로 없었다. 어디에서 폭죽이 터질지, 어디가 제일 잘 보일지 이미 알고 있는 관계자의 특권이랄까.

남궁혁은 근처에 있는 나무둥치에 민도영을 앉히고, 자신은 서서 불꽃을 바라보았다.

그때 누군가가 어슬렁거리며 언덕 위로 올라오는 것이 남궁혁의 눈에 들어왔다.

그것은 한 명의 농부였다. 정말 특별할 것도 없는 평범한 농부.

허리춤에 낫부터 시작해서 착용할 수 있는 온갖 농기구를 매고, 등에는 검 한 자루를 차고 있었다.

검 한 자루가 조금 이질적이었지만 그는 분명 평범한 농부였다. 인상과 옷차림은 분명 그랬다.

"이런, 폭죽이라니, 그렇다면 오늘이 춘절인가?"

모두가 감탄하는 불꽃놀이를 보면서 농부는 오히려 혀를 끌끌 찼다.

"이래서야 대장간도 다 쉬겠군. 하여간 되는 일이 없다니까……."

남궁혁은 농부를 유심히 살폈다.

검과 각종 농기구를 주렁주렁 차고 있는 모습이 특이해서기도 했지만, 남궁혁의 시선을 끈 것은 그의 행동거지였다.

지극히 자연스러워 타인의 눈에는 아무 느낌도 주지 않을 테지만, 남궁혁과 같은 고수의 눈에는 달랐다.

한 걸음 한 걸음이 다르다. 걸음을 내딛을 때 휘젓는 팔 동작도 다르다. 머리의 자세, 반듯하지만은 않은 허리, 그 모든 동작이 물 흐르듯 자연스럽고, 가벼웠으며, 무엇보다 빈틈이 없었다.

'절대 보통의 농부는 아닌데 말이지……'

화경의 경지인 남궁혁의 눈에 빈틈이 보이지 않는 초로의 사내가 결코 평범할 리 없다.

'잠깐만, 농부라고?'

남궁혁의 머릿속에 한 사내의 이름이 빠르게 스쳐 지나갔다.

그 어떤 농기구도 그의 손에 들어가면 절세의 신검과 같은 파괴력을 보인다는 천하십대고수 중 하나, 광무자(光武子) 노경.

남궁혁은 그를 직접 본 일도 있었다.

마교의 습격이 있을 때 무림맹의 본산을 마지막까지 지

킨 자가 바로 광무자였다.

그 때는 상당히 나이를 먹었었고, 또 너무 멀리서 봐서 얼굴을 정확히 알지는 못했다.

하지만 농부의 차림에 만만치 않은 실력, 대체 광무자가 아니라면 누구란 말인가.

남궁혁이 그를 빤히 바라보자 그가 돌아보았다.

시선이 마주친 순간, 남궁혁은 확신했다. 저자는 광무자다. 그렇지 않고서는 찰나의 시선 교환만으로 이렇게 짜릿한 느낌이 들 리가 없었다.

광무자도 남궁혁을 알아차렸는지 그를 보고 씩 웃더니 이내 고개를 돌렸다.

남궁혁은 여전히 불꽃에서 시선을 떼지 못하는 민도영을 두고 광무자에게로 성큼성큼 걸어갔다.

광무자, 그가 유명한 것은 단순히 천하십대고수여서가 아니었다.

그가 바로 당대에 가장 뛰어난 무공연구가였기 때문이다.

절전된 무공서들을 찾아내 복원하고, 위험한 무공을 보완하고, 더 뛰어난 무공으로 만들어내는 데 탁월한 재주를 가진 자.

그 때문에 광무자는 정파 전체의 환영을 받았다.

물론 그런 열렬한 환영을 받는 건 지금으로부터 십오 년 뒤.

광무자가 여일혼원신공을 완성했을 때다.

여일혼원신공. 이것은 남궁혁이 익힌 원합신공과 마찬가지로 두 개 이상의 내공을 하나로 합일시켜 주는 신공이다.

하지만 여일혼원신공은 원합신공과 다른 점이 있었다.

바로 안전이 보장된다는 것.

남궁혁은 지금까지 대체 어떻게 하면 세가 무사들의 실력을 키울 수 있을까 고민해 왔다.

지금까지 만든 기린갑은 총 서른 한 벌. 아끼고 아껴서 한 명의 무인을 더 장비시킬 수 있게 됐지만 그게 끝이 아니었다.

방어는 차선일 뿐이다. 공격하지 못하는 방어는 쓸모가 없다.

공성전의 경우야 난공불락의 존재가 되는 것만으로도 충분한 효용 가치가 있다지만 사람은 아니었다.

기린갑이 검강까지 막아 낼 수 있다면 그야말로 철옹성이나 다름없겠다만, 그것도 아니고.

결국 기린갑이 제대로 사용되려면 착용하는 무사의 실력이 어느 정도 경지에 다다라야 한다는 결론이 나온다.

남궁혁은 방계 가문의 소가주로서, 남궁세가의 허락을

받아 몇 개의 무공을 전수할 권리가 있었다.

원래는 쉽게 허락되지 않는 내가기공 또한 남궁가주가 힘을 써 줘서 허락이 내려졌다.

그러면 뭐 하는가. 이미 남궁장인가 무사들은 내가기공을 비롯해 자신의 무공을 익힌 상태인 것을.

천 번도 만 번도 넘게 생각하고 고민한 문제였다. 하지만 이 문제를 해결할 수 있는 방법은 단 하나밖에 없었다.

새로운 내가기공, 그리고 내공의 합일.

남궁혁이 원합신공을 익히고 두 개의 심법을 하나로 통일했던 것과 같은 방법이 필요했다.

하지만 원합신공은 위험도가 높다. 남궁혁도 달리 방법이 없어 원합신공을 찾았고, 또 환귀곡이라는 어쩔 수 없는 상황이었기에 원합신공을 연마한 것이지 그렇지 않았더라면 남궁혁도 이걸 수련할 건지 말 건지 한참을 고민했을 것이다.

남궁혁은 그때 정말 운이 좋았다. 하지만 그러한 운이 세가 무사들에게도 일어날 거라고는 장담할 수 없었다.

실력 향상도 중요하지만 그들의 목숨을 헛되게 잃어버릴 순 없지 않은가.

더 두려운 건 자신이 원합신공을 갖고 있고, 이게 세가의 무력을 향상시키는 데 도움이 된다고 하면 남궁장인가 무사들은 그 턱없이 낮은 확률에 고민 없이 몸을 던질 거라는 거였다.

무인으로서 강해지고 싶어 하는 건 당연한 일. 거기에 세가에 도움이 되기까지 한다면.

당장 자신이 먼저라고 나설 기린대원들을 생각에 남궁혁은 그 방법을 아예 잊어버렸다.

원합신공만큼은 아니어도, 좀 더 안전한 내공의 합일을 이룰 수 있는 방법.

그것이 지금 남궁혁의 눈앞에 나타난 것이다.

이 기회를 순순히 놓칠 순 없었다.

"실례합니다만, 대장간을 찾고 계세요?"

광무자는 놀란 기색도 없이, 남궁혁이 다가오는 것을 알고 있었다는 듯 태연하게 답했다.

"그렇소. 새로 맞은 제자에게 줄 좋은 검이 한 자루 필요해서. 그런데 춘절이라니, 끌끌."

광무자는 남궁혁이 자신의 실력을 눈치챘다는 것을 알았는지, 무림인이라는 것을 감추지도 않고 말했다.

제자라, 광무자의 제자라면 분명 광휘검(光輝劍) 이태한이리라.

이전 삶에서는 팽천룡과 호적수로서 광무자가 눈에 넣어도 아프지 않을 만큼 아끼던 제자였다.

그런 제자를 위한 검이니 일부러 이 먼 섬서까지 온 것이리라.

　"어차피 하루만 기다리시면 될 텐데, 많이 급하신가 봐요?"

　"새해에 바로 문을 여는 대장간이 어디 있겠소. 그치들도 좀 쉬고 그래야지. 게다가 내가 가려는 곳은 남궁장인가라는 대장간인데, 그곳이 아주 콧대가 높다고 들었다오. 그러니 한 이레는 쉬지 않겠소?"

　"그건 그렇죠."

　실제로도 남궁장인가는 장인부까지 전부 열흘가량 휴가를 받았다. 아무리 그들이 망치 잡는 걸 좋아하는 천생 장인이라고 하지만 쉬지도 않고 일할 순 없는 노릇이니까.

　"쩝, 몇 날 며칠 기다리느니 그냥 돌아가는 게 낫겠군. 가는 길에도 괜찮은 장인이 있겠지."

　"제가 괜찮은 장인을 하나 소개시켜 드릴까요?"

　"자네가 말인가?"

　"그럼요. 저기 구석진 곳에 사는 혁이라는 장인 실력이 아주 괜찮아요."

　"콜록—!"

　남궁혁의 말에 어느새 남궁혁을 따라왔던 민도영이 사레가 들려 콜록거렸다.

지금 누가 누굴 추천하는 건가. 민도영이 어처구니없다는 듯 남궁혁을 바라보았다.

　"어라, 사레 들렸어요? 괜찮아요?"

　"아, 아닙니다. 저는 신경 쓰지 마시고 하던 얘기를 나누시지요."

　민도영은 소매로 입가를 가리며 답했다.

　남궁혁답지 않은 행동이긴 했지만, 농부를 바라보는 눈빛이 심상찮은 걸 보니 뭔가 생각이 있어서 하는 행동인 것 같았다.

　"그래. 괜찮은 장인이라. 실력을 보증할 수 있는가?"

　"그럼요. 여기가 어딥니까, 중원 최고의 대장간 중 하나가 있는 곳 아니에요? 대장간 일에 필요한 모든 물산이 한곳으로 모이고, 상업이 발달하다 보니 주변의 장인들이 하나둘 모여서 일종의 장인 군락을 이루고 있죠."

　남궁혁의 말은 사실이었다.

　남궁장인가에 소속된 장인들을 제외하고도 이 주변에는 장인의 숫자가 백여 명이 넘었다.

　전부 쇠를 다루는 대장장이인 것은 아니고, 나무를 다루는 이, 비단을 다루는 이, 보석을 다루는 이 등 '장인'이라는 이름이 붙는 이들은 전부 다 모여 있다고 해도 과언이 아니었다.

일을 좀 더 하다 보면 이런저런 분야와의 연계가 필요해지기도 하고, 남궁장인가가 먼저 다양한 상단들과의 거래를 뚫어 둔 덕분에 희귀한 재료를 구하기도 쉬웠다.

상단들도 더 많은 물건을 판매할 수 있어서 이를 환영했고, 남궁장인가의 입장에서도 이들이 모여드는 건 득이 되는 일이었다.

우선 남궁장인가가 처리하지 못하는 수많은 물량을 그들이 어느 정도 해소해 주었고, 그 때문에 더더욱 사람이 몰렸다.

예전처럼 남궁장인가가 더 이상 주문을 받지 못해 헛걸음하는 일이 없어졌으니까.

남궁장인가는 그 수요 중 고급품을 선점하고, 나머지 중상급 이하를 다른 장인들이 나눠서 맡아 가는 식이었다.

그러다 보니 남궁장인가가 있는 이 섬서 북쪽은 사람들에게 점점 장인들의 마을로 이름을 알리는 중이었다.

실력으로야 다른 유명한 장인들도 있었지만 그들은 자신이 속한 곳 외에는 물건을 공급하지 않았다.

게다가 남궁장인가처럼 장인들이 주축인 세력이 아니었기에 남궁장인가는 독특한 위치를 구축할 수 있었다.

남궁장인가는 이러한 장인들을 비공식적으로 관리하는 역할도 했다.

이 섬서 북쪽에서 생산되는 물건들이 사실상 남궁장인가의 이름값과 관련이 생기니까.

때문에 요새 장인부를 맡고 있는 남궁규원은 주변의 장인들을 불러 모아 적당한 기술과 기법을 전수해 주기도 하고, 서로의 고충이나 고민을 논의하면서 해결책을 만드는 모임을 정기적으로 갖고 있었다.

이런 부분 때문에 장인들은 남궁장인가에 소속되어 있지 않으면서도, 그들 전체가 남궁장인가라는 이름을 대표하는 거나 마찬가지였다.

물론 남궁혁이 지금 소개시켜 주려고 하는 대장장이 '혁'은 그런 대장장이가 아니지만.

"흐음, 자네만 한 실력자가 추천하는 장인이라면 믿을 만하지. 어디 자네를 한 번 따라가 볼까."

"후회하지 않으실 겁니다. 아, 먼저 들어가요. 민 소저."

자신의 정체를 숨기고 있는 상황이기 때문인지, 남궁혁은 민도영을 민 총관이 아닌, 민 소저라고 불렀다.

남궁혁에게 처음으로 불리는 여인의 호칭에 민도영의 가슴이 빠르게 뛰었다. 그것을 들키지 않기 위해 민도영은 서둘러 인사를 하고 언덕 아래로 내려갔다.

"자, 그럼 가실까요?"

남궁혁이 광무자의 얼굴을 바라보며 웃었다.

볼수록 자신의 생각에 확신이 들었다.

천하십대고수라는 말과 어울리지 않는 농군의 모습.

이전 생에는 이미 유명할 대로 유명해진 복색이지만, 지금 생에는 아직 아는 이가 얼마 없을 것이다.

듣자 하니 원래 그는 어릴 때부터 부모의 농사일을 도왔다고 한다.

무림과는 별 관련이 없는 이였는데, 어느 날 크게 다친 노인을 구하고 돌봐 준 것이 큰 인연이 되었다.

그가 구한 것이 바로 전대의 십대고수 중 하나인 천무자(天武子)였던 것이다.

그것이 인연이 되어 천무자는 자신의 무공과 내공, 그리고 자신이 연구하던 모든 것들을 광무자에게 전수했다고 한다.

무공에 재능도 있었고 머리도 좋았던 광무자는 그 모든 걸 흡수했으나, 이 세상에 진력이 난 천무자가 그만큼은 세상의 풍파에 휩쓸리지 않기를 바랐기에 계속 농사를 짓기를 권했다.

어릴 때부터 농사를 지었던 탓에 농사일도 좋아한 광무자는 스승의 뜻을 받들어 부모님의 땅을 계속해서 일구어 나갔다.

그런데 그게 오히려 그의 깨달음에 도움을 주어서, 화경에 머물던 실력이 현경에 이르는 기연을 얻었다.

그는 자신의 실력을 시험하고자 천하십대고수에게만 도전해 그중 다섯을 이기고 다섯에게 패했다.

모든 비무는 비공개로 이루어졌기 때문에 광무자의 복색이나 그의 내력에 대해서 알고 있는 이는 얼마 없었다.

또 십대고수와의 비무를 치른 후, 그는 다시 자신의 터전으로 돌아가 농사일을 하며 무공 연구를 했기 때문에 그에 대해서는 많은 것이 알려져 있지 않았다.

이전 삶에서 그의 제자인 광휘검 이태한이 나이 서른에 뒤늦은 비무행을 시작했을 때 광무자라는 이름이 무림에 알려졌고, 정마대전으로 인해 무림맹이 공격받았을 때나 무림인들 앞에 섰을 정도니까. 지금은 아는 사람이 거의 없다시피 할 것이다.

현경의 무력은 어찌나 잘 갈무리했는지 거의 티가 안 났지만, 그 숨 막히도록 빈틈없는 자연스러움과 '자네만 한 실력자가 추천하는 장인이라면 믿을 만하지.'라는 말로 미루어 보아 그가 광무자인 것은 십 할 확실했다.

남궁혁은 일부러 돌고 돌았다.

남궁장인가의 정문으로 들어가도 안 되고, 뒷문으로 들어가도 안 됐다. 누구든 자신을 알아보고 인사를 할 테니까.

대신 남궁혁은 산을 타고 마을을 빙글 돌아서, 자신의 개인 대장간과 이어지는 문 쪽으로 향했다.

원래는 산의 맑은 물을 떠 오기 위해 낸 작은 문이 거기 있었다.

남궁혁의 개인 대장간과 바로 앞이고, 여기로 들어오려면 남궁장인가 소유의 산을 넘어야 했기에 경비를 따로 세워 두지 않았다. 그야말로 광무자를 데려오기엔 안성맞춤이었다.

"호오, 보통의 대장간치고는 상당히 좋군."

남궁혁의 개인 대장간에 들어서면서 광무자가 중얼거렸다.

"그래, 그 혁이라는 대장장이는 어디 있지?"

"여기 있습니다."

남궁혁이 손가락으로 자신을 가리켰다. 광무자의 눈썹이 찌그러졌다.

"지금 나와 장난하는 겐가? 자네는 상당한 실력의 무인이지 대장장이가―"

"남궁장인가에 대한 소문, 못 들으셨나요? 콧대가 높다는 소문 말고요. 그 가문의 소가주가 무공과 대장장이, 두 분야에서 엄청난 실력을 가졌다는 소문 말이에요."

광무자의 찌그러진 눈썹이 점점 놀람으로 퍼졌다.

그가 소개시켜 준다는 '혁'이라는 이름의 대장장이가, 그가 귀 따갑게 들어 왔던 대장장이 남궁혁임을 이제야 알아차린 것이다.

"자네가 진짜 그 소문의 대장장이란 말인가?"

"그럼요. 제자 분을 위한 검을 만들러 오셨다고 했죠? 원하는 걸 말씀하시면 뭐든 만들어 드릴게요. 마침 좋은 만년한철이 있는데, 그건 어떠세요?"

"만년한철이라고?"

"어렵게 구한 겁니다. 딱 검 한 자루 만들 정도 밖에 남지 않았죠."

광무자가 남궁혁을 의심의 눈초리로 쏘아보았다.

그의 복색은 어딜 보나 평범한 농부였다.

아무리 천하십대고수 중 다섯을 꺾었다지만 그 얘기는 널리 퍼져 있지 않았다.

그런데 척 봐도 평범한 농부를 거짓말로 꼬셔 여기까지 데려오고, 거기에 만년한철로 된 검을 권한다?

아무리 생각해도 수상쩍었다.

"자네, 바라는 게 뭔가?"

"바라는 거라니요?"

"나 같은 치에게 만년한철로 된 검이라니. 너무 과분한 걸 권하는 것 같은데."

"아, 부담스러우시면 다른 걸 고르셔도 괜찮고요. 이런 건 어떠세요?"

남궁혁이 근처에 있는 검 한 자루를 건넸다.

광무자는 남궁혁이 건네는 검을 받아 들고 한 번 휘둘러 보았다. 그의 입에서 작은 감탄사가 흘러나왔다.

"그건 상대적으로 좀 저렴해요. 일반 무가에 수련용으로 보급되는 중상급 검이죠."

"중상급으로 분류되는 게 이 정도라니⋯⋯."

광무자는 매끈한 검면을 바라보다가 침을 꿀꺽 삼켰다.

대체 중상급 검이 이 정도라면, 남궁혁이 아까 말한 만년한철로 된 검은 어느 정도란 말인가.

뒤늦게 얻은, 눈에 넣어도 아프지 않을 제자를 위한 검을 만들러 온 그였다.

스승 된 마음으로 제자에게 가장 좋은 검을 선물하고 싶은 건 당연한 이치가 아닌가.

그는 조심스럽게 남궁혁을 살폈다. 이 젊은 장인은 대체 무슨 꿍꿍이인 걸까.

"다시 한 번 묻지. 원하는 게 뭔가? 분명 내게 원하는 게 있어서 만년한철로 된 검을 권한 게 틀림없으렷다."

광무자는 은근히 기운을 풍기면서 물었다. 제대로 털어 놓지 않으면 혼쭐을 내 주겠다는 협박이었다. 현경의 무인이 흐리는 압박감에도 남궁혁은 태연하게 웃었다. 여기서 밀릴 순 없었다. 남궁혁은 말 한 마디 한 마디에 힘을 주어 말했다.

"여일혼원신공을 원합니다, 광무자 어르신."

여일혼원신공.

남궁혁이 그 말을 입에 담는 순간 광무자의 기세가 달라졌다.

현경의 무인이 뿜어내는 엄청난 존재감.

남궁혁도 순간적으로 간담이 서늘할 정도였다.

하지만 속으로 다짐했다. 여기서 밀릴 순 없다고.

여기서 어떻게 대처하느냐가 남궁장인가의 십 년을 결정할 것이다.

아니, 십 년까지도 아니다. 당장 마교가 준동한 직후에 남궁장인가가 존속할 수 있는가가 여기서 판가름 나는 거나 다름없다.

그런 자리인 만큼 남궁혁은 물러설 수 없었다.

"……보통내기는 아니군. 하긴 그러니 이 나를 속여 여기까지 데려왔겠지."

광무자의 기세가 천천히 사그라졌다. 아무래도 첫 관문은 통과한 모양이었다.

"내가 광무자인 걸 눈치챘다는 건 둘째 치고, 자네가 여일혼원신공에 대해서 어떻게 알고 있지?"

광무자로서는 당연히 할 수 있는 질문이었다.

물론 이전 삶의 정보에 대한 거짓말을 수도 없이 늘어놓으며 살아온 남궁혁의 혓바닥은 매끄럽게 움직일 준비가 되어 있었다.

"저희 정보부대가 좀 유능해서요. 최근에 연구를 마치셨다는 걸 알아냈죠."

"장난 아니게 유능한 친구들이군. 내 누구에게도 신공에 대해서 말한 적이 없건만…… 십 년간 산에 틀어박혀서 오로지 그것만 연구했다네. 그것에 대해서는 아직 내 제자도 모르지. 내가 뭔가를 연구한다는 사실만 알고 있을 뿐. 그런데 그 사실을 알고 있는 이가 있다니."

남궁혁이 움찔했다. 설마 여일혼원신공에 대해서 그 누구에게도 얘기하지 않았을 줄은 몰랐다.

정말 아무에게도 얘기하지 않았다면 아무리 뛰어난 정보부대라도 어떻게 그 비밀을 캐낼 수 있겠는가.

그때 남궁혁의 머리에 이전 삶에서 들었던 광무자에 관한 옛 얘기가 떠올랐다.

"그야 어르신께서 여일혼원신공의 창시자가 아니라는 걸 아니까요."

"그것까지 알고 있다니, 더더욱 놀랍군."

광무자는 진심으로 놀란 얼굴이었다. 남궁혁은 다시 여유를 되찾았다.

"여일혼원신공은 원래 태천합일신공에서 파생된 무공이죠. 여러 갈래의 내공을 하나로 섞을 수 있는 최초의 신공 말입니다. 제가 갖고 있는 원합심공도 그중 하나고요."

"자네가 원합심공을 갖고 있나? 그걸 구하기 위해 백방으로 수소문했건만."

"예. 몇 안 되는 사본을 제가 갖고 있지요. 그리고 그 위험성을 낮추기 위해 비슷한 신공들을 찾아다녔지만 쉽지 않더군요. 여일혼원신공은 십 년 전 사파의 무리인 혼세교가 갖고 있었다가, 농부 복색을 한 이에게 멸문 당하면서 사라졌다고 들었습니다. 이후 정보 문파와 저희 세가의 지남단을 통해 백방으로 수소문했지요. 그 농부가 광무자 어르신이고 여일혼원신공을 갖고 계신다는 정보를 입수한 건 얼마 전입니다. 마침 오랜 폐관을 깨고 나오셨다기에 연구를 마치셨구나 했지요."

남궁혁의 입에서 줄줄 얘기가 쏟아져 나왔다.

사실 이 얘기들은 전부 이전 삶에서 광무자가 직접 얘기한 내용이었다.

그걸 적당히 버무리자 그럴싸하게 들렸는지 광무자는 고개를 끄덕였다.

하긴 자신이 한 일을 그대로 읊어 주는데 믿지 않고 배길수가 있나.

"그렇다면 자네도 원합심공을 보완하기 위해 여일혼원신공을 참고하려는 건가?"

"아닙니다. 저는 이미 원합심공을 익혔으니까요."

"원합심공을 익혔다고……?"

광무자의 눈이 번쩍 떠졌다. 원합심공을 익히고도 멀쩡히 살아 있는 존재가 자신의 눈앞에 있다니! 무공 연구가로서는 천우신조나 다름없는 일이었다.

"세상에, 그걸 성공하다니…… 그렇다면 대체 왜 여일혼원신공을 원하는 겐가?"

"그야 안전하니까요. 저희 세가 무사들에게 알려 줄 겁니다."

남궁혁은 순순히 자신의 목적을 밝혔다.

어차피 힘으로 빼앗을 수 있는 상대가 아니니까 솔직하게 말하는 편이 나았다.

거짓으로 둘러댔다가 나중에 광무자가 진실을 알면 어떻게 뒷수습을 하겠는가.

아무리 좋은 의도라 해도 무공을 알려 준다는 건 쉬운 일이 아니었다.

"남궁장인가의 무사들에게……? 안 되네, 위험해."

광무자가 고개를 가로저었다. 그의 표정은 단호하기 짝이 없었다.

"여일혼원신공이 원합심공보다 안전한 건 사실이지만, 그건 모래밭 속에서 바늘 찾기와 자갈 밭 속에서 바늘 찾기 정도의 차이가 있을 뿐일세."

"그걸 보완하기 위해서 연구를 하신 거 아니십니까?"

"그렇지. 하지만 아직 누구도 익히지 않았어. 검증이 안 됐네. 이 연구를 마친 것도 며칠 전의 일이야. 내 스스로는 완벽하게 보완됐다고 생각하지만 내공을 합일한다는 건 그 자체로도 몸에 무리가 가는 일. 위험하지 않을 리가 없지."

광무자의 얼굴은 어두웠지만 남궁혁은 속으로 쾌재를 불렀다. 하지만 내색하지 않고 최대한 태연하게 말을 받았다.

"흐음, 그래서 그 신공, 포기하시게요?"

"그럴 리가 있나! 내 이 신공의 연구에 바친 세월과 노력이 얼마인데. 언젠가 기회가 된다면 반드시 시험해볼 걸세."

남궁혁이 포기를 입에 담자 광무자의 눈에서 불길이 일었다.

광무자가 고민할 만도 했다.

여일혼원신공은 원합심공과 마찬가지로 태천합일신공에 기반을 두고 있는 무공.

태천합일신공은 만 명에 한 명 성공할까 말까 한 극악한 확률을 갖고 있다.

그것을 보완한 무공들이 계속해서 나오고 있었지만 여전히 확률은 일 할을 보장하지 못했다.

그 미약한 가능성에라도 매달리려고 하는 무인들은 차고 넘치도록 많지만 역시 정파인인 광무자의 심성상 약속된 실패의 길로 무사들을 이끌고 싶지는 않은 모양이었다.

"그렇다면 이건 어떠세요? 제가 만년한철로 된 검을 만들어 드릴 테니, 여일혼원신공을 시험하게 해 주세요."

"하지만……."

"저희 세가 무사들 서른 명이 시범적으로 참여하고, 성공 확률이 높으면 나머지 무사들에게도 전수하는 것으로요. 신공의 안전성이 올라갔는지 확인이 필요하시잖아요?"

남궁혁은 그를 살살 꼬셨다.

아무리 타인의 목숨이 염려된다고 해도 무공연구가가 자신이 보완한 무공을 시험해 보고 싶지 않을 리 없으니까.

"나야 좋네. 쌍수를 들고 환영하지. 검을 받지 않아도 상관없다네. 이걸 시험할 수만 있다면……."

드디어 광무자가 넘어왔다. 그러나 그의 표정에 어린 염려는 사라지지 않았다. 그는 단호한 어조로 남궁혁에게 경고했다.

"하지만 자네 휘하의 무사들이 전부 폐인이 될지도 모른 다는 건 각오하시게. 자네가 원합심공의 수련에 성공했다 고 해서 자네 휘하의 무사들도 전부 성공할 거라는 법은 없 네."

"저는 제 부하들을 믿습니다."

"믿음으로 될 일이 아니야."

"그리고 저 자신도 믿죠."

정확히는 이전 삶의 자신을 믿는 거지만.

이전 삶에서 여일혼원신공은 광무자가 보완을 마치고 이 십 년 후에야 무림에 퍼지기 시작했다.

가장 먼저 여일혼원신공을 익혔던 것은 그의 제자였던 광휘검이었다.

제자를 아낀 그와 스승을 위하는 마음이 남달랐던 제자 는 여일혼원신공을 익히는 문제로 오 년을 넘게 옥신각신했 다.

결국 광휘검이 여일혼원신공을 익히기로 하고 처음으로 수련을 시작하고 나서야 광무자는 알음알음 신공을 수련할 사람을 찾았다.

그렇게 십오 년간 서른여 명 중 스물아홉 명이 안전하게 수련을 마치자 광무자는 여일혼원신공을 만천하에 공개했 다.

자신이 연구한 신공을 많은 사람들이 익히길 바랐던 것이다.

보통의 무림인들이 자신의 무공을 감추는 것과는 정반대였다.

그게 십 년만 빨랐다면 마교의 침입에 정파는 든든한 지원군을 얻을 수 있었을 테지만, 이전 삶의 여일혼원신공은 공개 직후 마교가 들이닥치는 바람에 제대로 빛을 보지 못했다.

어쨌든 그런 이전 삶의 기억 덕분에 남궁혁은 여일혼원신공이 안전하다는 확신을 갖고 있었다.

심지어 단 한 명, 잘못된 수련으로 폐인이 된 이가 왜 그렇게 됐는지, 광무자가 그 때문에 어떤 보완을 했는지도 알고 있었다.

남궁혁 또한 여일혼원신공에 관심을 가졌던 일인이었으니까.

"자신감이 엄청나군. 그런 걸 세간에선 오만이라고 한다네."

"그렇게 보일 수도 있겠지만, 저도 안전을 꽤 중시해서요. 그래서 말인데, 검이 만들어지는 동안 저희 세가에 머무시면서 저와 여일혼원신공을 좀 더 연구하고 보완을 하시는 건 어때요?"

"좀 더?"

광무자의 눈썹이 찌푸려졌다.

만난 지 한 시진도 안 지난 청년이 자신의 무공에 손을 대겠다 말하고 있는 것이다.

여일혼원신공이 완벽하지 않을 것이라 생각하고 있다고 해도 무공연구가의 자존심을 건드는 말이었다.

"어르신의 눈앞에 있는 저는 원합심공을 익히는 데 성공했어요. 충분히 도움을 드릴 수 있다고 생각하는데요."

"……구구절절 틀린 말이 없군."

광무자는 남궁혁을 얄밉다는 듯 바라보았다. 아마 남궁혁을 이런 식으로 본 건 광무자가 처음이 아닐까.

"좋네. 자네가 위험을 무릅쓴다면 거절할 이유가 없지."

"세가 내에 어르신을 위한 처소를 마련하라고 일러두지요."

남궁혁은 어깨를 으쓱였다. 함께 지내면서 은근슬쩍 이전 삶에서 광무자가 알아낸 보완법을 알려 줄 생각이었다.

어쩐지 남의 지식으로 생색내는 기분이긴 했지만, 광무자도 좋고 자신도 좋은 일이니 좋게 생각하기로 했다.

*   *   *

광무자가 남궁장인가에 머물게 된 날로부터 한 달.

양명이 이끄는 기린대가 저 먼 청해의 우각호봉(牛角虎蜂)에서 성공리에 영약을 찾아 돌아왔다.

원래는 영약만 표국 편에 보내고 다른 장소를 향해 이동할 예정이었다.

하지만 워낙 먼 곳까지 갔던 데다가 새해도 지났으니 겸사겸사 돌아오라는 남궁혁의 명령에 그들은 오랜만에 섬서로 돌아왔다.

몇 년 동안 섬서 주변을 거의 떠나지 않다가 장기간 외부로 나가 있다 보니 다시 돌아오는 기분이 새로웠다.

기린대는 그 몇 달 사이에 또 이곳저곳이 변한 마을을 둘러보며 남궁장인가로 들어왔다.

그들이 영약을 찾으러 다닌다는 얘기는 남궁장인가 내에서도 수뇌부 몇 명만 알고 있는 기밀이었기 때문에, 영약을 갖고 왔다고 해서 성대한 환영은 없었다.

하지만 그런 걸로 섭섭해 할 사람은 기린대 내에 없었다.

그들에게 중요한 것은 오로지 하나. 그들의 주인인 남궁혁의 인정일 뿐이니까.

세가로 돌아온 그들은 곧바로 남궁혁이 있는 곳으로 향했다.

그런데 뭔가 좀 이상했다.

보통 남궁혁이 있는 곳은 자신의 처소, 민도영의 집무실, 대장간 셋 중 하나였다.

그리고 대부분의 경우 대장간에서 많은 시간을 보냈다.

가끔 손님들의 숙소 등 다른 곳에 있을 때도 있지만 그런 경우는 극히 드물었다.

그런데 지금 남궁혁이 손님용 별채에 있을 뿐만 아니라, 양명에게 그걸 알려 준 사람의 말로는 남궁혁이 요새 뻔질나게 그곳에 들락거리고 있다고 한다. 낮에는 별채에, 밤에는 대장간에 있는 식으로.

심지어 어떨 때는 대장간에 있는 것보다 별채에 있는 시간이 많다니. 양명을 비롯한 기린대원들에게는 어리둥절할 일이었다.

세 끼 밥보다 망치 잡는 걸 더 좋아하는 소가주가 다른 데서 시간을 보낸다니.

'대체 한 달 사이에 무슨 일이 있었던 거지?'

어쨌든 가 봐야 의문이 풀릴 것이었으므로, 기린대는 걸음을 서둘렀다. 무엇이 자신들을 기다리고 있는지도 모른 채.

*　　　*　　　*

남궁장인가에는 여러 종류의 손님용 별채가 있다.

첫 번째로 작은 장원의 형식을 한 별채.

남궁혁이 요녕성에서, 그리고 항주에서 묵었던 곳이 바로 그런 형식의 별채였다.

이런 별채는 주로 남궁세가를 비롯한 오대세가와 구파일방, 그리고 대 상단의 손님들이 방문했을 때 내어 드리곤 한다.

두 번째로 한 장원 안에 작은 건물 여러 개가 있고, 한 채 한 채를 각기 다른 상단이나 문파의 사람들이 쓸 수 있게 되어 있는 것.

이런 것은 중소문파나 소규모 상단에게 제공한다.

마지막으로 세가에서 제일 멀리 떨어져 있는, 넓은 건물 안에 소속을 가리지 않고 방을 제공하는 별채가 있다.

주로 위의 손님들을 모시고 온 하인이나 짐꾼들이 이용하는 곳이다.

그중 기린대가 찾은 곳은 바로 제일 먼저 언급했던 첫 번째 별채였다.

첫 번째 별채 중에서도 가장 넓고 화려한 곳인 터라, 양명은 혹시 지금 온 게 남궁세가의 빙검화 남궁옥이 아닐까 생각했다.

그가 아는 사람 중에서 이 별채를 제공받고, 남궁혁이 그만큼 시간을 쓸 만 한 사람은 남궁옥 밖에 없었으니까.

남궁혁과 남궁옥 간에 혼사에 대한 이야기가 오고 간다는 소문은 양명도 익히 들은 바 있었다.

두 사람이 썩 어울리지 않는다고 생각하는 양명이었지만 그거야 남궁혁이 알아서 할 바이고, 남궁혁이 선택한 여인이라면 그 누구라도 기꺼이 안주인으로 모실 준비가 되어 있는 그였다.

어쨌든 기린대를 이끌고 별채 정문 안으로 들어간 양명은 눈을 끔뻑끔뻑 떴다.

그의 뒤를 따라 들어온 기린대원들도 마찬가지였다.

넓은 장원에는 그만큼 넓은 연무장이 딸려 있었다. 여기까진 무가의 별채니 당연한 일이었다. 묵는 손님들도 무림인이 많으니까.

그런데 그 넓은 연무장에 넓고 깊은 구멍이 나 있는 건 좀 이상했다.

그 넓디넓은 구멍을 그들의 소가주 남궁혁이 직접 파고 있는 건 더 이상했다.

그보다 더 이상한 건 그 넓은 구멍 안에 웬 중년인이 시커먼 숯과 돌, 그리고 쇳덩이를 집어던지고 있는 모습이었다.

"아, 왔어요?"

기린대의 기척을 알아차린 남궁혁이 구멍 안에서 훌쩍 뛰어나왔다.

"예, 대주 이하 기린대 전원 지금 막 귀환했습니다. 그런 데…… 저건 무엇입니까?"

"저거요? 여러분을 위한 거예요."

"저희를 위해서요?"

양명의 말꼬리가 흐려졌다. 저게 대체 어떻게 자신들을 위한 건지 아무리 봐도 짐작이 가질 않았다.

그 구덩이의 깊이와 너비가 얼마나 깊고 넓었냐면, 저 구멍 안에 기린대 전원을 각기 삼 척 거리로 정렬시킨 후 잘 묻으면 머리카락 한 올도 보이지 않을 수준이었다.

아무리 봐도 생매장하기 딱 좋은 구멍인데, 자신들을 위해서라고?

"저게 여러분의 실력을 진일보하게 도와줄 거예요."

"그렇게만 말하면 저들이 무슨 소리인지 못 알아들을 게 아니냐."

저쪽에서 숯을 던져 넣던 광무자가 저벅저벅 다가왔다.

광무자를 본 양명이 순간 움찔했다. 굉장히 자연스러운 걸음인데도 순간 압도당하는 느낌을 받았다. 그 모습을 본 광무자가 피식 웃었다.

"네 녀석, 아주 괜찮은 부하를 데리고 있구나."

"그러니까 제가 기를 쓰고 어르신께 신공을 얻어 내려고 한 거 아니겠어요."

"이런 자를 수하로 두고 있다면 그럴 만하지."

남궁혁과 광무자의 대화가 이어질수록 양명은 혼란에 빠졌다. 대체 이들이 무슨 얘기를 하고 있는 건지.

"소가주. 외람되지만 무슨 말씀을 하고 계신 건지 잘 모르겠습니다. 설명을 부탁드립니다."

"이분은 천하십대고수 중 한 분인 광무자 노경 어르신입니다."

"헉―!"

"커헉―! 그게 정말입니까?"

"광무자? 나는 처음 들어 보는데……."

평생 살면서 한 번 스칠까 말까 한 고수를 눈앞에서 만난 기린대원들은 눈알이 빠질까 걱정될 정도로 눈을 부릅떴다.

물론 아직 광무자의 이름이 널리 퍼져 있지는 않아서 의아해하는 이들도 있었다.

어쨌든 남궁혁이 말했으니 거짓은 아니리라. 그렇다면 정말 대단한 일이었다.

그들의 주인인 남궁혁도 대단한 고수지만, 천하십대고수에 비견될 수준은 아닌 것이다.

그런데 왜 그 천하십대고수가 지금 여기에?

설마, 자신들을 지도하러 온 것일까……?

"어르신께서는 제자에게 선물하실 검을 주문하러 오셨어요."

그럼 그렇지.

되도 않는 기대를 약간이나마 품었던 이들의 어깨가 시무룩하게 처지는 모습이 여기저기서 보였다.

"그래서 검을 만들어 드리는 대신 여러분을 위한 신공절학 하나를 전수해 주기로 하셨죠."

신공절학.

그 말에 처졌던 어깨가 다시 쑥 올라간다.

단순할 정도로 너무나 우직한 사람들. 남궁혁의 입꼬리도 쑥 올라갔다.

"그치만 우리가 어떻게……?"

문득 이상한 점을 깨달은 누군가가 중얼거리다가 입을 합 다물었다.

그 중얼거림이 의미하는 바를 다른 이들이 모를 리가 없었다.

이미 배운 무공이 있는데 그게 가능하겠느냐는 의미.

모두의 시선이 자신을 향하자 남궁혁은 어깨를 으쓱였다.

"여러분이 생각하는 바로 그 문제를 해결할 답을 찾았습니다. 여일혼원신공, 두 개의 이질적인 내공을 합일하는 신공이죠."

"저, 정말입니까?"

양명은 말까지 더듬으며 되물었다.

기린대 내에서 실력 향상에 가장 애쓰는 이가 양명이요, 그만큼 자신이 배운 이류 내가기공에 가장 큰 회의감을 갖고 있는 이도 그였다.

소가주에게 남궁세가의 무공이 있다는 것은 알지만 감히 배우고 싶다 말도 꺼내지 못하는 신세였는데.

그렇다면 설마, 지금보다 더 강해질 수 있다는 건가……!

양명의 두 눈이 힘에 대한 열망으로 불타오르는 사이, 기린대 중 몇 명의 눈빛은 불안하게 떨리고 있었다. 두 내공을 합일하는 것의 위험함을 알기 때문이리라.

그 시선을 눈치챘지만 남궁혁은 별로 개의치 않았다. 위험을 미리 알고 신중하게 구는 건 좋은 자세였다.

물론 남궁혁은 그들이 가진 일말의 불안감을 해소시켜 줄 의무가 있었다.

"자자, 여러분이 익힐 여일혼원신공은 여기 계신 광무자 어르신께서 보완을 거듭한 겁니다. 거기에 원합심공을 익힌 제가 어르신을 도와 더욱 안전하게 만들었죠."

"설마 저 구덩이가 그 안전을 위한 비책입니까?"

"역시 양 대주예요. 바로 맞췄어요."

남궁혁이 손가락까지 튕기며 신나게 답했다.

어찌 신이 나지 않겠는가. 기린대만 전원 실력이 상승해도 남궁장인가의 무력이 대폭 증가하는 것을.

남궁혁은 이미 그들에게 어떤 내공심법을 가르칠지도 골라 놓았다. 남궁혁이 원합심공을 통해 익혔던 오행신공이다.

각기 다른 무기와 무공을 익힌 이들이니, 각 성향에 따라 오행 중 몇 가지를 특출 나게 익힌다면 몇 배의 효과를 낼 수 있을 것이다.

이어서 남궁혁은 자신이 준비한 구덩이를 소개했다.

"여일혼원신공은 원합심공에 비해 안전성이 훨씬 높지만 약간 부족한 부분이 있어요. 이 구덩이가 그걸 보완해 줄 겁니다."

남궁혁의 말에 양명은 구덩이로 다가가 그 아래를 살폈다.

과연, 멀리서 봤을 때는 문자 그대로 대충 땅을 파 놓은 구덩이인 줄 알았더니, 나름의 구조와 형태를 띠고 있었다.

이 구덩이는 남궁혁이 겪었던 환귀곡, 그리고 요녕의 설곡을 본 따 만든 인공적인 기의 샘터였다.

환귀곡과 설곡은 둘 다 자연이 만든 기이한 구조로 인해 기가 한 곳에 모인다는 특성이 있었다.

환귀곡은 오행이 고루 섞인 자연의 기를, 설곡은 냉기가 어린 자연의 기를.

그리고 남궁혁은 이 구덩이 안에 오행의 기를 강제로 고이게 만들 생각이었다.

어릴 적, 대연심공을 운기하며 망치질을 할 때, 대장간 일이야말로 목화토금수 오행의 순환임을 깨닫고 남궁혁의 내공은 진일보했었다.

지금 그 깨달음을 이런 방식으로 응용하는 것이다.

광무자가 구덩이 안에 쌓은 숯이 타올라 화기와 목기를 공급하고, 쇠가 녹아들면서 금기를, 끓어오르는 수증기와 바깥에서 공급하는 물이 수기를 내뿜고, 마지막으로 인공적으로 조성한 토기가 이들 오행을 하나의 안정적인 기로 감싸 안는다.

광무자가 보완한 여일혼원신공은 이 부분이 모자랐다. 바로 토기(土氣)였다.

토기야 물 위에 떠 있는 게 아닌 이상 어디에서 운기를 해도 되는 거지만, 여일혼원신공을 익힐 때는 보다 막대한 양의 토기를 필요로 했다.

두 개의 충돌하는 힘을 어루만지고 하나로 뒤섞기 위해서는 조화를 이루는 토기가 충돌하는 만큼 필요하니까.

남궁혁은 한 달 동안 광무자와 머리를 맞댄 결과물을 차근차근 설명했다.

이게 어떤 이론으로 되어 있는 무공이며, 어떤 작용을 하는지 잘 알아야 만약에라도 있을 사고를 방지할 수 있으니까.

이미 안전한 방법이라는 걸 이전 삶의 경험으로 알고 있지만 매사 만전을 기울이는 것이 좋았다.

기린대는 느닷없이 찾아온 행운에 입을 쩍 벌리고는 남궁혁의 말 한 마디 한 마디를 놓칠세라 귀를 기울였다.

강해진다, 강해진다.

남궁장인가에 들어와서 남다른 소가주의 노력을 바라보며 뼈를 깎는 노력을 한 끝에 올라온 기린대의 자리.

하지만 쟁쟁한 대문파들의 무력 부대에 비해서는 부족한 실력에 얼마나 많은 쓴웃음을 지어야 했던가.

자신들의 주인은 이미 전 무림에 이름을 떨치고 있는데.

언젠가는 이 한계를 뛰어넘으리라 절치부심하며 이를 악물고 수련해 왔지만 큰 변화가 없어 모두가 지쳤을 때, 그들의 주인은 다시 한 번 동아줄을 내려 주었다.

별 볼 일 없는 삼류였던 그들에게 기회를 주었던 그때처럼.

이제 남궁장인가에서만 가장 뛰어난 부대가 아니라, 전

무림에서 알아주는 무력 부대로 거듭날 때가 온 것이다.

"—그동안 나와 함께하느라 고생이 많았어요, 여러분. 앞으로도 힘드시겠지만, 그만큼 잘 부탁드리려고 준비한 겁니다."

남궁혁은 그렇게 길디긴 설명을 마쳤다. 그쯤 되자 기린대원들의 눈에는 물기가 그득했다.

감동하지 않을 수 없다.

지금의 남궁장인가라면, 남궁혁이라면, 자신들보다 훨씬 더 뛰어난 무인들을 휘하로 받아들일 수 있다.

실제로도 수하로 거둬 달라며, 자신이 기린대보다 더 뛰어난 실력을 갖고 있다며 찾아온 이들은 수없이 많았다.

하지만 남궁혁은 그들을 다른 부대의 대주로 배치할지언정 기린대로 받아들이지는 않았다.

그들을 믿은 것이다.

운이 닿는다면, 내공의 한계만 극복할 수 있다면, 그들이 훨씬 더 강해질 것임을.

"소가주의 은혜에…… 진심으로 감사드립니다."

대주 양명이 두 무릎을 털썩 바닥에 꿇었다. 그리고 한 치의 망설임도 없이 흙바닥 위에서 남궁혁에게 오체투지했다.

그리고 하나, 둘, 마치 모래성이 무너지듯 기린대원 전원이 바닥에 엎드렸다.

무인에게 있어서 강해진다는 것은 삶 그 자체보다 중요한 것.

강함으로의 길을 열어 준 남궁혁은 그들에게 있어 생명의 은인 그 이상의 존재였다.

"진심으로 감사드립니다!"

"감사드립니다!"

여기저기서 산발적으로 울음 섞인 목소리가 터져 나왔다. 머쓱했는지 남궁혁이 뒷머리를 긁었다.

"왜들 이래요, 멋쩍게."

"저희 기린대는 죽는 날까지, 죽어서도, 아니 다시 태어난다고 해도! 소가주를 따르겠습니다!"

"따르겠습니다!"

양명의 격정 어린 선창에 기린대가 장원이 떠나가라 제창했다.

남궁혁은 진짜로 머쓱했다. 기린대의 태도만 봐서는 남궁혁이 여일혼원신공을 얻기 위해 엄청난 대가를 치른 것처럼 보였으니까.

하지만 실제로는 이전 삶의 정보와 말솜씨, 그리고 만년한철 한 덩이 정도밖에 들지 않았다.

만년한철도 엄청난 값어치를 지닌 귀물이지만 여일혼원

신공의 효능에 비할 바겠는가.

그리고 그 얼마만큼의 값을 치른다고 해도, 제 사람들이 강해지는 것만 하겠는가.

"여러분을 믿겠습니다. 우리 모두를 위해 힘내 주세요."

남궁혁의 말에 결국 양명의 두 눈에서 눈물이 주르륵 흘러내렸다.

그들은 지금 자신들을 위해서 무엇도 불사하지 않는 주인의 신뢰를 얻었다.

그렇다면 앞으로 해야 할 것은, 그 신뢰에 보답하는 것뿐이었다.

*   *   *

그날 이후, 기린대 전원은 쉴 틈도 없이 바로 여일혼원신공의 수련에 들어갔다.

남궁혁이 며칠간 휴가를 가지도록 권했지만 다들 그것을 거절했다.

휴식이야 언제든 취할 수 있는 거고, 꿈의 기회는 바로 눈앞에 와 있으니까.

수련을 하루라도 빨리 시작할수록 실력도 하루 빨리 늘어나는 것이다. 양명을 비롯한 기린대원들은 이를 절대 미루고 싶지 않았다.

열흘에 걸쳐 오행신공과 여일혼원신공의 구결을 익히고 배운 후, 기린대 전원이 자다 깨도 구결을 줄줄 읊을 수 있는 수준이 되어서야 남궁혁은 그들을 다시 광무자가 있는 별채로 데려갔다.

남궁혁과 광무자가 혼신을 기울여 파 놓은 거대한 구덩이에 기린대원들이 오와 열을 맞추어 섰다. 그리고 그 자리에 가부좌를 틀고 앉았다.

하인들은 광무자의 지시에 따라 마치 이들을 생매장하듯 삽으로 흙을 갖다 부었다. 오로지 목 위만 남기고 완전히 파묻는 것이다.

남궁혁은 그들이 파묻힌 뒤편에 있었다. 뒤편에는 일전에 광무자가 묻은 숯이나 쇳덩이들과 이어져 있는 다른 구멍이 있었는데, 그는 다른 대장장이들 몇몇과 함께 화력을 조절하고 있었다.

들끓는 지열처럼 끓어오르는 바닥의 열기가 내부에 묻어 놓은 자연지기들을 자극하고, 태우고, 녹여 융합한 후 그것을 기린대가 오행신공을 운용하며 흡수한 후, 여일혼원신공으로 원래 익힌 내공과의 융합을 꾀한다.

멀리서 보면 남궁장인가에서 기린대 전원을 생매장하는 것으로 보이니 이게 무슨 일인가 싶겠지만 정작 생매장 당하는(?) 본인들이나 남궁혁, 그리고 기타 남궁장인가 사람들의 분위기는 엄숙했다.

안전이 보장됐다고는 하나 도가계열의 심법을 운용하면서도 주화입마에 빠지는 사람은 얼마든지 나오는 법이니까.

『자, 다들 준비 됐죠? 시작합니다!』

기린대원들은 전원 가부좌를 튼 채 자신의 몸 안에 집중하고 있었기 때문에, 남궁혁은 전음으로 신호를 보냈다.

동시에 숯과 쇳덩이가 들어 있는, 적당한 화력으로 타오르고 있던 구덩이 앞에서 석청을 들고 대기하던 대장장이들에게 신호를 보냈다.

"부어요!"

콸콸콸—

화르르르르르륵!

석청이 부어지자마자 구덩이에서는 미친 듯이 불기둥이 솟아올랐다.

깜짝 놀란 대장장이들은 수십 걸음이나 뒷걸음질을 쳤다.

동시에 뜨거운 열기가 생매장 당해 있는 기린대원들에게 뻗어 나갔다.

신음 소리 하나쯤은 새어 나올 법하건만, 대주 양명 이하 기린대원들은 얼굴을 찌푸린 채 이를 악물고 오행신공을 운용하기 시작했다.

광무자는 대원들 하나하나의 면면을 살폈다. 자신의 신공이 처음으로 수련되는 것이니 흥미가 동하지 않을 수 없다.

그들이 과연 안전할까 걱정이 되기도 하고. 남궁혁과 함께 몇 날 며칠 머리를 싸매고 보완점을 찾아냈지만 그래도 염려가 되는 건 사실이었다.

솔직히 남궁혁이 지적한, 여일혼원신공은 두 개의 내공을 하나로 섞는 데는 완벽하지만, 힘을 섞으면서 발생하는 또 다른 힘을 막거나 방출하는 부분이 없다고 한 부분은 광무자도 미처 생각지 못한 부분이었다. 역시 이미 원합심공을 경험해 본 자다웠다.

그래서 저렇게 여유만만일 것이다.

광무자는 느긋한 얼굴로 팔짱을 낀 채 옆에 있는 민도영과 대화를 나누고 있는 남궁혁을 바라보았다.

물론 남궁혁도 걱정은 됐다. 하지만 광무자만큼은 아니었다. 그는 보완된 여일혼원신공이 얼마나 안전한지 잘 알고 있었으니까.

"우리는 슬슬 갈까요? 논의해야 할 일도 많잖아요."

남궁혁은 고통 속에서 집중하려고 애를 쓰는 기린대원들을 보다가 몸을 돌렸다.

민도영은 그런 남궁혁의 태도가 좀 당황스러웠다.

대원들을 제 몸처럼 아끼던 남궁혁이 아닌가. 두 개의 내공을 합친다는, 척 듣기에도 위험한 일을 하고 있는데 마치 이미 그 일이 다 이루어진 것처럼 굴다니.

하지만 남궁혁이 저러는 데는 뭔가 이유가 있겠지 싶어 민도영 또한 남궁혁의 뒤를 따랐다.

"제가 말한 거에 대해서 구상은 다 됐나요?"

남궁혁은 처소로 향하면서 물었다.

여일혼원신공의 보완에 신경을 쓰는 동안 남궁혁은 민도영에게 일종의 임무를 내려 주었다.

바로 새로운 세력 확대 방법을 구상하라는 것이었다.

"예. 소가주께서 기존의 다른 문파들처럼 타 문파의 세력권을 흡수하거나 흑도의 무리들을 척결하는 방식을 제외한 다른 방법을 원하셔서 총관부의 회의 끝에 몇 가지 방안을 내어놓았습니다."

남궁혁이 기존의 정파 문파들과는 다른 노선을 취하기로 한 것은 다 이유가 있었다.

중소문파는 각 지역과 밀접한 관련을 맺고 살아간다. 남궁장인가만 봐도 이 일대에서 남궁장인가와 인연이 없는 자는 극히 드물다.

흑도 문파 또한 마찬가지다.

이 주변엔 남궁장인가의 질서가 뿌리 깊게 박혀 있어서 흑도의 무리들이 극히 드물었다.

간간이 보이는 자들도 그렇게 질이 나쁜 수준은 아니어서, 일반인들에게 큰 고통을 준다거나 하는 이들은 없었다. 또한 그들에게 딸린 식솔은 일반 민중 아닌가.

그런 문파들을 세력이 더 큰 문파가 집어삼킨다면?

결혼 등의 경사로 인해 세력권이 합쳐지는 일이 아닌 이상 지역 주민들의 반발을 부를 공산이 크다.

몇몇 생각 없는 문파들은 주민들의 반발이 무슨 상관이냐며 개의치 않아 하기도 한다.

칼을 든 무림인들에게 주민들이 무슨 힘을 쓰겠는가.

물론 틀린 생각은 아니다. 평범한 상황이라면 주민들 몇몇이 힘을 합쳐 무림문파에 대항할 일은 없다.

하지만 비상시라면 얘기가 달라진다.

큰 상처를 입은 무사들을 숨겨 주지 않거나, 위치를 알려 주거나, 적에게 이 지역의 지리를 알려 주는 등 큰 위험이 될 수가 있다.

세력권을 흡수한 후 주민들에게 악독하게 굴었다면 더더욱 그렇다.

대문파의 경우 시간을 들여 호의를 베풀고 인식을 바꾸려 노력하기도 하지만, 남궁혁의 경우는 시간이 없었다.

세력을 키우려는 일 자체가 마교에 대항하기 위함인데, 오히려 마교를 대항하는 데 방해가 된다면 안 하니만 못하지 않은가.

게다가 긍정적인 방향으로의 세력권 확보, 즉 결혼은 마땅히 할 만한 이가 없었다.

남궁혁이야 민도영이 있기도 했지만, 지금처럼 커진 남궁장인가의 소가주가 중소문파의 여식과 혼인한다는 것은 말이 안 되기도 했다.

남궁혁의 제자들, 진우와 진하도 세간의 기준으로는 혼인할 때가 되긴 했다.

하지만 진우는 사부님도 아직 가정을 꾸리지 않으셨는데 자신이 어찌 먼저 가겠냐며, 당분간은 대장장이 일에 몰두하고 싶다고 하고, 진하는 정혼자가 있는 마당이다.

그들 외에는 아무리 뛰어난 장인이라고 해도 무림인이 아닌지라 중소문파 측에서도 거절할 가능성이 높았다.

어쨌든 기존의 방식으로는 여러모로 힘들다고 판단한 남궁혁이 민도영에게 새로운 방안을 내어 달라 한 것이다.

"여러 선택지를 추려 낸 결과, 상업을 확장시키는 것이 가장 좋을 듯싶습니다."

"상업이라면, 우리가 상단을 꾸리자는 건가요?"

"그건 아닙니다. 우리는 이미 진련상단을 비롯해 여러 좋은 상단들과 돈독한 관계를 맺고 있으니까요. 제가 말한 것은 생산에 관한 것입니다."

마침 민도영의 총관실에 도착했기에 그들은 안에 들어가서 얘기를 하기로 했다.

민도영은 늘 그랬듯 남궁혁을 상석으로 안내하려고 했지만, 남궁혁은 되레 민도영의 바로 옆자리에 앉았다.

"소가주?"

"저쪽에 앉으니까 서류를 보기 불편해서요. 이렇게 나란히 앉으면 같이 보고 편하잖아요. 이리저리 종이를 안 돌려도 되고."

민도영은 약간 곤란한 기색이었다.

요새 들어 남궁혁이 은근슬쩍 다가오는 일이 많아졌다.

문자 그대로 은근슬쩍, 소가주와 총관이 취하기에 전혀 부적절함이 없는 행동이었다.

지금도 남궁혁의 말만 들으면 전혀 이상할 것이 없었다.

"……알겠습니다."

문제는 민도영도 그것이 싫지는 않다는 것일까.

싫을 리가 없는 일이긴 했지만 절대 비밀로 하겠다던 처음의 다짐은 어디로 간 건지.

그래도 여긴 누군가의 눈이 있는 게 아니라 소가주와 단둘뿐이니까.

민도영은 그렇게 생각하며 스스로를 합리화하고, 총관부와 머리를 맞대어 만들어 낸 세력 확대를 위한 방안을 펼쳐 놓았다.

"흐음…… 농지를 더 늘리고 생산하는 무기의 양도 늘린다라. 고전적인 방법이네요."

남궁혁은 서류를 쭉 훑어보며 중얼거렸다.

"고전적이지만, 누군가의 것을 빼앗지 않고서 세력을 확대하려면 스스로의 산출을 늘리는 수밖에 없습니다. 다행히 농지를 더 수매할 금전적 여력도 있고, 장인부도 이 정도 생산량 증가는 여유롭다고 하십니다."

"이정도 물량이 늘면 거래하는 상단도 좀 늘어야겠네요."

"세가와 거래를 원하는 상단들은 언제나 있습니다. 현재 저희와 거래하는 세가들은 주로 중원 북부와 서부 위주인데, 중부와 남부, 그리고 동부에 각기 하나씩 거래를 늘려 보려고 합니다. 저희 물량을 받지 못해 안달이 난 곳들이니 가격을 더욱 높게 받을 수도 있을 겁니다."

"좋아요. 지역별로 독점 거래를 받는 셈이니 어느 정도의 고가는 감수하겠죠."

"그리고 의원을 영입했으면 합니다."

"의원을요? 지금도 세가를 담당하는 의원은 있잖아요."

남궁혁이 갸웃했다. 일반적으로 무림 문파에는 상주하는 의원이 있긴 하다.

무림인들이 모인 곳이니 강한 만큼이나 그 강함이 필요한 일을 하기 때문에 다치는 경우도 잦고, 수련만으로도 부상이 자주 발생하니까.

세가의 규모가 작을 때는 남궁혁이 직접 움직이기도 했지만 사실상 지금 규모에서 남궁혁이 의원 노릇까지 한다는 건 무리가 있었다.

때문에 의원을 영입하긴 했다. 두 명의 의원이 남궁장인가 밖에서 의방을 차리고 있으면서 동시에 세가의 의원 일을 도맡았다. 지금까지는 그걸로도 충분했다.

"아예 대대적으로 실력 있는 의원 여럿을 영입해 큰 의방을 차리는 겁니다."

"흐음…… 그게 큰 이득이 될까요?"

"됩니다. 지금 남궁장인가 근처에 장인들이 몰려 있는 것처럼 실력 있는 의원들이 한 곳에 몰려 있다면 어떤 현상이 벌어지겠습니까?"

"멀리서도 돈을 싸들고 이곳 섬서 북쪽으로 달려오겠죠."

"맞습니다. 의원들에게는 제대로 된 대우를 약속하고, 농지 일부를 약초재배지로 바꿔 약재를 저렴하게 공급하면서,

남궁장인가에서 생산하는 고급 침도 무상으로 제공한다면 빠른 시일 내에 괜찮은 의방을 꾸릴 수 있을 겁니다. 거기에 가격도 그리 비싸지 않게 책정할 수 있겠지요."

"그렇다면 확실히 돈이 되겠네요."

"그리고 세가의 무사들이 중상을 입었을 시에도 도움이 됩니다. 지금까지는 큰일이 없어서 외부의 적은 의원들만으로도 충분했습니다만, 마교와의 일전이 시작된다면 그것으로는 턱없이 부족할 겁니다."

남궁혁의 눈에 이채가 서렸다.

지금까지 남궁혁은 자신이 벌이는 모든 일이 마교에 대항하기 위한 포석이라고 말한 적이 없었다.

그러나 이젠 민도영도 눈치 챈 것이다. 이 남궁장인가가 생겨난 배경이, 남궁혁이 마교에 대항하기 위함이었다는 것을.

다른 사람들은 남궁혁이 우연히 마교의 지부를 발견하고, 우연히 마교와 대항하며 큰 명성을 쌓았다고 생각했지만 민도영은 달랐다.

그녀는 남궁혁이 이 세가를 꾸릴 때부터 곁에 있었던 사람이다.

남궁혁의 모든 행보를 알고, 모든 생각을 아는 사람. 그것들이 가리키는 하나의 목적을 눈치 채지 못할 리 없다.

그저 세가를 키우는 일이라고 생각했던 일들, 그저 바깥 구경을 하고 싶어서라고 생각했던 남궁혁의 외유, 그저 세력을 키우기 위해서라고 생각했던 영약 탐사.

그 모든 것이 마교의 준동을 막기 위해서라고 하면 한 번에 이해가 갔다.

"언제 알았어요?"

"소가주께서 모용가와 마교의 결탁을 분쇄하셨을 때, 그때 알아차렸습니다. 우연의 일치였지만 한 사람이 그렇게 몇 번이나 마교와 연관되는 일이 벌어지기는 쉽지 않으니 말입니다. 마교에 대한 어떤 뜻을 품으셨기 때문에 사소한 것도 쉬이 넘어가지 않으셨고, 그 결과 금화전장이나 모용가의 일에 얽히신 게 아니겠습니까."

"……정확히 맞아요."

남궁혁은 안도의 미소를 지어 보였다.

이런 사람이 내 사람이 아니었다면 얼마나 섬뜩했을까. 하지만 민도영은 그 누구도 반박할 수 없는 자신의 사람이었고, 제 사람이 제 뜻을 알아주는 것보다 더 든든한 일은 없었다.

"좋아요. 그러면 실력 있는 의원을 영입하고, 농지 확대와 무기 생산도 방안대로 시작해 주세요."

"예, 소가주."

민도영은 그렇게 말하고는 서랍에서 한 장의 서찰을 꺼내 가져왔다.

"이건 뭐예요?"

"제갈 소저의 전갈입니다. 그간 바쁘셔서 전해 드리지 못했습니다."

"제갈 소저가요?"

남궁혁은 그 편지를 받아 들어 펼쳤다.

편지의 내용은 짧았다.

開花

개화라. 남궁혁이 피식 웃었다. 매번 서류 문서를 이런 수수께끼로 내주는 건 아닐까. 그러면 곤란한데.

"무슨 내용입니까?"

"안 뜯어 봤어요?"

"소가주께 온 전갈을 제가 어찌 뜯어보겠습니까."

민도영의 말은 틀린 말이었다. 민도영은 다른 문파나 세가의 총관보다 훨씬 더 많은 권한을 갖고 있었다.

가주인 남궁규원은 세가의 운영에 대해서는 무지하다시피 했고, 또 장인부를 이끌기만도 바빴다.

소가주인 남궁혁은 말하면 입만 아플 만큼 바쁜 사람이

었으니, 당연히 웬만한 문제는 민도영의 재량하에 있었다.
공적으로 온 편지를 열어 보는 것쯤은 일도 아니었다.

그러니 이걸 열어 보지 않았다는 건, 제갈화영의 편지가
사적인 것이라고 오해했다는 건데…….

하필 수수께끼의 내용도 '개화'가 뭐람. 오해하기 딱 좋
은 내용 아닌가.

제갈화영에 대해서는 남궁혁도 켕기는 부분이 있는 터였
다.

남궁혁의 의지는 아니었다고는 해도 입맞춤을 허락해 버
렸으니까.

"드디어 제갈 소저가 우리의 군사로 오겠다는 거네요. 이
게 언제 도착한 서찰이에요?"

"이레 정도 됐습니다."

"그러면 슬슬 도착할 때가 됐네요."

"그렇군요. 제갈 소저를 위한 거처를 준비해 두겠습니
다."

민도영은 별다른 내색 없이 해야 할 일의 목록에 제갈화
영의 거처 고르는 일을 적어 넣었다.

"혹시나 해서 말하는 거지만, 오해는 말아요."

"오해치 않습니다. 소가주께서는 저를 실망시키신 적이
없으니까요. 제가 그것을 보지 않은 것은, 소가주를 믿지

못해서가 아니라 제갈 소저에 대한 예의가 아닐까봐 저어됐을 뿐입니다."

민도영의 부드러운 미소에는 남궁혁을 향한 강한 신뢰와 믿음이 깃들어 있었다.

남궁혁은 그런 민도영의 모습이 더욱 보기 좋았다.

민도영이 질투라도 내비쳤다면 그녀에게 제대로 된 믿음을 주지 못한 건 아닐까 밤잠을 설쳤을 것이다.

"민 총관과 제갈 소저가 잘 지냈으면 좋겠네요."

"저도 희망하는 바입니다."

제갈화영에 대한 얘기를 마친 후, 두 사람은 나머지 사안들에 대한 세부적인 정리에 들어갔다.

第五章
제갈화영의 합류

　며칠 후, 제갈화영이 남궁장인가에 도착했다.

　화려한 행렬이나 호위무사는 없었다. 대신 부쩍 자란 제 갈화천이 제갈화영을 호위할 겸 진하를 보겠다고 따라온 게 전부였다.

　남궁혁은 환한 얼굴로 남매를 맞이했다.

　"남궁 소협! 잘 지내셨습니까!"

　"예, 제갈 소협. 저야 잘 지냈습니다. 소협께서는 키가 부쩍 크셨네요."

　아닌 게 아니라 정말 제갈화천은 훌쩍 자라 있었다.

　처음 봤을 때의 어린 얼굴은 조금씩 철든 티가 나기 시작했다.

그 어릴 적 남궁장인가에 숨어들어 기관 진식을 전부 손보고 남궁혁을 골탕 먹였던 그 철부지라고 생각하기 어려울 정도였다.

도드라진 관자놀이와 범상치 않은 기도를 보아하니 무공 수련도 성실하게 잘 해 나가고 있는 모양이었다.

하긴 다른 곳도 아니고 제갈세가가 후계자 교육에 소홀하겠냐마는, 훗날 진하의 지아비가 될지도 모른다는 생각에 남궁혁은 제갈화천에게 더욱 눈이 갔다.

다행히도 지금까지는 합격이라고나 할까. 앞으로 더 지켜봐야겠지만 말이다.

"오랜만에 뵈어요, 남궁 공자."

"오랜만이네요. 잘 지내셨나요?"

"저야 무림맹 비무 대회 이후로 쭉 집에만 기거했는데 잘 지내지 못할 이유가 있나요. 그보다는 공자께서는 어떠신가요?"

"저요?"

뜬금없는 질문에 남궁혁이 눈을 껌뻑거렸다.

"설마 요녕의 일을 벌써 잊었다고 하진 않으시겠지요? 무한성 규중에 틀어박혀 요양하던 제게도 귀가 따갑도록 소식이 들려오더군요. 기린지장께서 또다시 마교의 음모를 파훼하였다고 말이에요."

"아아, 그 일 말이군요."

"그리고 남궁 공자께서 소중한 이를 잃으셨다는 소식도 들었지요. 유감이에요."

"아닙니다."

남궁혁은 덤덤하게 내뱉었다.

잊은 것도, 아무렇지 않게 된 것도 아니었다.

그저 매일같이 되새김질하며 의지를 다질 뿐이었다.

"들어갈까요? 저희 나눌 말이 꽤 많을 것 같은데."

"좋지요. 화천이 너는 처소로 돌아가 있으렴."

"저 갈 데 있어요, 누님."

"진하 소저를 보러 가려는 거구나."

"누님도 참."

제갈화영의 말에 제갈화천의 두 뺨이 벌겋게 물들었다. 아무리 봐도 연모의 정에 푹 빠진 순수한 소년의 모습이었다.

"진하는 지금 제 삼 대장간에 있을 겁니다. 세공을 전문으로 하는 장인들이 있는 곳이죠."

"알겠습니다. 누님과 남궁 소협은 얘기 나누세요—!"

제갈화천은 남궁혁에게 진하의 위치를 듣자마자 신법까지 발휘해 가며 뛰어갔다. 저러다 길을 잃는 건 아닐까 싶었지만 남궁장인가 일부 설계를 도맡기도 한 제갈화천이 그럴 리는 없으리라.

남궁혁과 제갈화영은 벌써 저 멀리 사라진 소년의 모습을 흐뭇하게 바라보았다.

"그러면 들어가실까요?"

남궁혁은 제갈화영을 자신의 집무실 쪽으로 안내했다.

평소에 집무실을 잘 쓰지 않아서 친분이 있는 손님은 처소로 모시지만, 왠지 제갈화영을 지금 처소로 들이면 안 될 것 같았다.

제갈화영은 집무실로 안내받고는 살포시 웃었다. 남궁혁이 처소가 아닌 집무실로 안내한 이유를 눈치챈 모양이었다.

"그래서, 몸은 좀 괜찮으세요?"

"많이 좋아졌답니다. 이제 먼 거리의 여행은 물론 심혈을 기울여 일을 할 수 있게 됐지요. 이게 다 남궁 공자의 은덕입니다."

"제가 구해 드린 약이 있었다지만 제갈 소저가 낫고자 하는 의지가 아니었다면 어려웠을 거예요."

남궁혁은 공을 제갈화영에게로 돌렸다. 냉기를 다스린다는 게 좋은 영약 하나 있다고 해서 다 되는 일은 아니니까.

특히나 구음절맥 같은 중병을 치료하려면 환자 본인의

의지와 참을성도 상당히 중요했다.

그런 점에서 제갈화영은 그 머리와 미모가 아니더라도 참 대단한 사람이었다.

"그래서, 이제 저희 세가에 투신하러 오신 건가요?"

"역시 남궁 공자. 단 두 글자를 적어 보냈을 뿐인데 제 뜻을 알아 주시다니. 역시 이 제갈화영이 모시기에 부족함이 없는 분이어요."

제갈화영이 사르르 눈웃음을 지었다. 그 눈을 보자니 기습적으로 입맞춤을 당했던 때가 생각나 남궁혁은 머쓱한 얼굴로 시선을 돌렸다.

"그런데 제갈세가에서 소저를 용케 보내 주셨네요. 솔직히 어려울 거라고 생각했는데요."

"물론 쉽지는 않았습니다만, 원래 제갈세가의 사람들 중 직계가 아닌 이들도 그렇지만, 직계라 하더라도 세가에 자리가 없으면 다른 가문으로 가서 군사의 역할을 맡기도 하고, 그 외의 다양한 방식으로 자신들의 자리를 찾아간답니다. 저는 가주의 여식이지만 화천이도 있어서 크게 부담이 되진 않았지요."

"그래도 출가 안 한 따님을 그냥 보내려고 하진 않으셨을 텐데……."

남궁혁은 무림맹에서 있었던 제갈군사와의 대화를 떠올

리며 말했다.

무림맹 총 군사인 그마저도 제갈화영이 남궁장인가로 시집을 가는 거냐고 묻지 않았던가.

아무리 여인들의 활동이 자유로운 무림일지라도 이런 부분에서는 세간과 다를 바 없었다.

게다가 이전 삶에서 그녀는 삼만의 군사로 삼십만의 군사를 몰살시켜 명망이 높았던 천재 군사가 아니던가.

이번 삶에서 남궁혁과 만나며 구음절맥 치료에 희망을 본 이후 두드러지게 활약하지 않아서 이전 삶보다는 이름이 널리 알려지지 않았다고 하나, 그래도 제갈세가에서 내주기 아까운 인재임은 틀림없었다.

"물론 명분은 있답니다. 제갈세가에서 새로이 상단을 하나 운영하기로 했거든요. 이름은 화영상단이랍니다."

그 말에 남궁혁의 입에서 아하, 하는 작은 감탄사가 흘러나왔다.

"저는 한 마디 했을 뿐인데 이미 제 집안의 의도가 어떤 건지 파악하신 모양이네요."

"그저 추측일 뿐입니다."

"남궁 공자의 추측이 어떤지 궁금한데요."

제갈화영이 눈을 빛냈다. 이번에는 남자로서의 남궁혁이 아닌, 지적 교류를 나눌 수 있는 동등한 대상으로 남궁혁을 보는 눈빛이었다.

"크흠, 제 생각에는 출가도 안 한 여인을 남의 집 군사로 보낼 수는 없으니, 소저를 화영상단이라는 새 상단의 주인으로 만들어 남궁장인가와 거래를 하는 것처럼 명분을 취하는 대신, 소저가 제 군사로 활약할 수 있게 허락해 주셨다는 것 같네요. 아까 말씀하신 제갈세가의 사람들이 본가 이외의 일을 맡는 경우가 바로 그거죠. 본가의 지원을 받아 상단을 꾸리거나 전장을 운영하는 일 말입니다."

남궁혁이 목을 가다듬고 자신의 추측을 늘어놓자 제갈화영이 기쁜 듯 웃었다.

"호호, 맞답니다. 남궁 공자와 얘기하는 건 늘 즐겁다니까요. 물론 상단으로서의 일도 진행할 거랍니다. 슬슬 남궁장인가에서도 중원 중부와 남서부 쪽으로 상업을 개척하지 않을까 싶었거든요."

"맞습니다. 역시 제갈 소저다우시네요."

남궁혁이 며칠 전 민도영과 나누었던 방안을 정확히 꿰뚫고 있는 제갈화영이었다.

예상하기 어려운 행보는 아니었지만 그래도 남궁혁은 조금 긴장이 됐다. 동시에 이런 사람이 자신의 아군이 됐다는 사실이 든든해졌다.

"그러면 앞으로 중부의 일은 화영상단과 거래를 하기로

하죠."

"어머, 그래 주시면 감사하고요. 실력으로 따낼 생각이었는데."

편의를 봐준다는 말은 절대 거절하지 않았지만 아마 다른 상단하고 경쟁에 붙었어도 제갈세가가 뒤를 봐주는 화영상단의 경쟁자가 될 이들은 없었으리라.

"그보다 묻고 싶은 게 있습니다. 사실 치료를 마친 건 꽤 됐다고 들었는데, 왜 지금 시점에 온 건가요?"

"아주 좋은 질문이세요, 남궁 공자. 아니, 이제는 소가주님이라고 해야 할까요?"

"편하신 대로요. 세가의 군사가 되시지만 명목상으로는 외인이시니 굳이 그렇게 부르지 않으셔도 됩니다."

"그래도 소가주님이라고 부르는 게 좋겠지요. 사실은 그 호칭으로 남궁 공자를 불러 보고 싶었답니다."

제갈화영이 애교스럽게 말하곤 표정을 지웠다. 오싹함까지 느껴지는 냉정한 얼굴. 저게 바로 책사로서의 제갈화영이 가진 진면모일까.

"왜 지금 시점에 찾아왔느냐, 당연히 모용세가 건 때문이지요."

제갈화영은 품 안에서 한 장의 지도를 꺼냈다. 그 지도에는 몇몇 곳이 붉은 색으로 표시되어 있었는데, 모용세가가 있는 요녕성에도 점 하나가 선명하게 찍혀 있었다.

"이건 최근 이상한 일들, 그러니까 마교와 관련된 이상한 일들이 벌어진 곳들을 표시한 거랍니다. 금화전장의 일 이후 제가 개인적으로 기록한 것들인데, 모용세가의 일이 터지면서 이들의 위치가 뭔가 의미를 갖고 있는 게 아닌가 싶더군요."

"의미요?"

"마교가 단순히 손잡기 편하다는 이유만으로 모용세가를 고르지는 않았을 거라는 뜻이랍니다."

남궁혁은 제갈화영의 손에 들려 있는 지도를 받아 들었다.

여기저기 산발적으로 찍혀 있는 붉은 점들은 남궁혁이 보기에는 크게 이상하지 않았다.

하지만 제갈화영은 진법과 전략에 있어서 가히 천재적이라는 제갈세가의 재녀. 그녀가 이상하다고 생각했다면 뭔가 있긴 있는 거겠지.

"그러면 앞으로 우리 세가가 뭔가를 준비해야 한다고 생각해서 온 건가요?"

"맞습니다, 소가주님. 하지만 민도영 총관께서 대략적인 구상은 준비해 두셨을 거라고 생각하는데, 어떤가요?"

"그것도 정확히 맞아요. 제갈 소저께서 오시기 얼마 전에 방안을 정리하고 준비에 들어갔죠."

그야말로 죽이 척척 맞는 대화. 남궁혁은 서랍에서 민도영이 손수 정리해 엮은 방안을 제갈화영에게 내밀었다.

그 책자에는 이번에 새로이 개편하는 방안 외에도 기존에 남궁장인가가 성장을 위해 취해 왔던 전략, 그리고 기타 기밀에 가까운 사항들까지 기재되어 있었다.

예를 들자면 기린금에 대한 정보나 기린대가 영약을 찾으러 다녔던 것, 광무자의 여일혼원신공 같은 것까지.

쉬이 보여 줄 수 없는 내용이긴 했다. 하지만 남궁혁은 그녀의 목숨을 살려 준 은인이었고, 또 이 정도는 보여 줘야 이 재녀 또한 성심을 다해 줄 것이라 믿었다.

작은 소책자를 받아 든 제갈화영은 빠르게 책을 읽어 내려갔다.

그 속도가 글자를 읽는 건지 그냥 책을 넘기는 건지 모를 정도였다.

순식간에 책을 다 읽고 덮은 제갈화영은 놀란 듯 얕은 한숨을 내쉬었다.

"소가주님은 정말 대단한 분이시어요. 이 제갈화영, 소가주의 그릇이 이다지도 클 거라고 생각지 못하였답니다. 이건 그야말로…… 경이롭네요."

남궁장인가 사람들은 이제 남궁혁의 기이할 정도로 뛰어

난 부분들에 대해서 익숙해진 터라 오랜만에 이런 반응은 신선했다.

평범한 중소문파가 할 수 있는 일들은 절대 아니었으니까.

사실 웬만한 대문파라고 해도 남궁혁이 추진하고 있는 일들을 범상하게 해낼 수는 없었다.

"어느 부분이 제일 인상적이었어요?"

"역시 광무자께 여일혼원신공을 얻어 내신 것이겠지요."

제갈화영은 다소 믿기지 않는다는 듯 눈을 깜빡였다. 하지만 안 믿으면 어떻게 할 것인가. 남궁혁이 제갈화영에게 허풍을 쳐서 얻을 것이 뭐가 있다고.

"이 신공에 대해서는 본가 또한 최근에야 그 정보를 입수했답니다. 그나마도 완성했다는 말은커녕 광무자께서 이런 무공을 연구하고 있다는 말만 들었어요. 본가에서는 적어도 삼십 년 후에야 완성될 거라고 예견하고 있었답니다."

틀린 말은 아니었다. 남궁혁이 개입하지 않았다면 여일혼원신공이 세상에 드러나는 건 한참 후의 일일 테니까.

오히려 남궁혁이 놀랄 차례였다. 남궁혁은 이전 삶의 정보를 통해 여일혼원신공에 대해 알았다지만 제갈세가가 그 사실을 대충이라도 알고 있었다니. 역시 대문파의 정보력은 대단했다.

"지금 기린대 전원이 여일혼원신공을 수련하고 있고 순차적으로 다른 부대의 무사들에게도 신공을 보급한다면 단시간 내에 상당한 전력을 만들어 낼 수 있겠지요. 남궁장인가는 기존에도 무도원 출신의 낭인들을 세가의 무사로 받아들였기 때문에 실력 있는 낭인들에게 평판이 좋답니다. 그런 이들에게 실력을 한 단계 성장시킬 기회가 주어진다면 기꺼이 남궁장인가를 위해 목숨을 바치겠지요. 감히 그 숫자가 상상도 가지 않는 엄청난 질적, 양적 성장이죠."

제갈화영은 약간 흥분한 어조로 말을 쏟아 내고는 목을 축였다.

"십 년. 십 년이면 소가주가 세운 이 가문은 더 이상 남궁세가의 방계라고 부를 수 없는 곳이 될 거예요. 소가주께서 가주 자리를 물려받는 때가 되면 오대세가 중 한 가문은 남궁장인가에 자리를 내주어야 할지도 모르지요."

제갈화영은 자신의 가정이 마음에 든다는 듯 어깨를 으쓱였다.

이렇게 말하는데 기분이 좋지 않을 사람은 없으리라. 하지만 남궁혁의 표정은 어두웠다.

"아니, 거기에 검기를 막는 방어구가 더해진다면 십 년만으로도 충분히 오대세가와 자웅을 겨룰 수 있겠네요."

어두워진 남궁혁의 표정을 본 제갈화영이 급히 말을 고

쳤다. 실제로도 틀린 말은 아니었다. 문제는 더더욱 어두워진 남궁혁의 얼굴이었다.

십 년.

여일혼원신공으로 이삼류 무사들의 실력을 일류까지 끌어올리고 검기를 막는 갑옷을 착용시키는 데도 오대세가 하나와 비등한 정도라.

그 정도라면 보탬이야 될 것이다. 하지만 보탬이 되는 정도로는 부족했다.

이전 삶의 마교가 얼마나 정파를 무력하게 만들었던가. 그야말로 속수무책이었다. 아무리 백짓장도 맞들면 낫다지만 거친 태풍에는 당해 낼 수 없다.

이번에도 그 때와 같은 전력 차이가 난다면, 오대세가와 비견되는 문파 하나가 더 생긴다고 해도 유의미한 변수가 되긴 어렵다.

"……가문의 세력 확장 방법도 나쁘지 않습니다. 기존의 세력들이 차선으로 택하는 방법을 우선으로 두셨군요. 남궁장인가가 지금까지 쌓아 온 명망으로 미루어 보아 탁월한 선택이라 할 수 있겠습니다. 기존의 문파들과 같은 세력 확장은 남궁장인가와는 어울리지 않으니까요."

"그렇게 말해 줘서 고마워요."

어색한 침묵을 참지 못하고 말을 이어 나간 제갈화영에

남궁혁이 살짝 웃어 보였다.

사람을 앞에 두고 자신이 다른 생각에 빠지는 무례한 짓을 하다니.

하지만 아무리 제갈화영에게 많은 부분을 공개하기로 했다고 해도 이전 삶의 정보를 알려 줄 생각은 없었다.

만약 알린다면 그 처음은 민도영이 되리라.

이건 제갈화영을 믿고 믿지 않고의 문제가 아니었다.

남궁혁의 운명을 함께하는 이, 두 번의 삶이라는 비밀의 무게를 짊어질 수 있는 동반자만이 나눌 수 있는 이야기기에 어쩔 수 없을 뿐이었다.

두 사람은 한참 동안 남궁장인가가 앞으로 나아가야 할 방안에 대하여 검토와 토론을 이어 나갔다.

특히 제갈화영이 중점적으로 지적한 곳은 바로 자금 문제였다.

"돈이 너무 고여 있다고 생각하지 않으시나요?"

"음…… 세가를 운영하려면 어느 정도 여유자금이 있어야 한다고 생각했거든요. 초반에 적극적으로 투자하느라 허덕이기도 했고."

남궁혁은 남궁장인가를 처음 운영할 때를 떠올렸다.

이전 삶의 정보를 통해 상당한 수익을 올렸지만, 남궁혁은 그 돈을 전부 세가의 발전을 위해 투자했다.

결과적으로는 현명한 선택이었지만, 중간에 돈이 아슬아슬하게 부족할 때가 있어서 곤란해지기도 했다.

남궁혁이 검을 생산해 내 빈 자금을 메우긴 했지만 부양하는 세가원들이 늘어날수록 그런 주먹구구식 운영은 안 된다고 생각해서 여유금을 유지하는 쪽으로 자금 관리 방향을 잡고 있던 차였다.

민도영이 제안한 세력 확대 방안도 그 유보금은 그대로 두고, 새로운 자금을 창출해 투자하자는 전략이었다.

"사실 이대로 쭉 가는 게 나쁘진 않아요. 하지만 십 년도 짧게 느껴지신다면, 단기간에 투자를 늘릴 필요가 있지요."

과연 제갈화영. 남궁혁의 얼굴이 어두웠던 이유를 이미 눈치 챘다.

그게 마교 때문인지는 아직 모를 테지만, 남궁장인가의 성장에 조급을 느낀다는 건 충분히 알 법했다.

어째서 만족하지 못하는 것일까 의아하긴 했지만 지금까지의 남궁혁을 봤을 때 생각하는 바가 있을 테니, 제갈화영은 일단 생각나는 대안을 내놓기로 했다.

"현재 광산 두 개의 채굴권과 매매권을 확보하고 있고, 삼백만 평의 토지에서 소작료와 소출을 거둬들이고 있네요. 거기에 수십의 장인들이 매 달 상당한 품질의 무기를 생산해 내고 있어요. 중원의 수많은 상단이 그 무기를 탐내 돈을 싸들고 섬서 북쪽으로 달려오고 있고요. 소가주, 이 정도 규모의 자금 확보력을 갖고 있는 문파는 절대 흔치 않답니다. 하지만 이정도 자금력으로도 수비적인 성장을 보이는 문파는 없지요."

"나름 한다고 했는데, 그 정도예요?"

남궁혁이 머쓱해 뒷목을 긁었다. 검을 만드는 시간 외에는 세력 확장을 위해 뛰어다녔다고 해도 과언이 아니건만. 제갈세가라는 대 가문에서 나고 자란 제갈화영의 눈에는 턱없이 부족해 보이는 모양이었다.

"이렇게 자금이 많은데 무사들의 수가 겨우 몇 백이지요. 말도 안 되는 숫자여요. 돈도 중요하지만 여기는 무림문파지 않습니까. 물론 장인의 문파를 표방하고 있으신 건 압니다만, 소가주께서 원하시는 뜻을 펼치려면 결국 무력이 모든 것을 해결하게 될 거랍니다."

"그건 나도 동의하는 바예요. 그래서 뭔가 방안이 있어요?"

자기가 물어놓고도 남궁혁은 아차 했다.

계속해서 세가의 내밀한 사정에 대해 얘기를 하다 보니, 그녀가 오늘 막 도착했고 남궁장인가의 일들에 대해 알게 된 건 고작 반 시진 전이라는 걸 질문을 뱉어놓고 깨달은 것이다.

하지만 제갈화영은 망설임 따윈 조금도 없는 화사한 미소를 지어 보였다.

"소가주께선 부디 제갈화영만 믿으시옵소서."

*　　　*　　　*

때는 바야흐로 춘삼월.

어떤 이들은 밀밭 사이사이로 자란 잡초를 솎기 여념이 없었고, 보리밭으로 거름을 나르는 사람들은 거름통을 짊어지고 바쁘게 오고 갔다.

그 사이로 한 무리의 사람들이 어디론가 향하고 있었다.

그들은 각기 다른 행색을 하고 있었지만, 매 동작마다 군더더기 없는 절도가 있다는 점이 특이했다.

그런 무리는 한둘이 아니었다. 남궁장인가가 있는 섬서 북쪽을 둘러싸고 사방에서 그런 이들이 쏟아져 들어왔다.

나이 대는 다양했다. 젊은이들보다는 주로 삼사십 대 이상이 많았고, 간혹 오십 대 이상의 장년층도 눈에 띄었다.

주로 사내들이었지만 간혹 가다가 여인들도 섞여 있었다. 여인들은 사내들에 비해서 매사 절도가 있는 편은 아니었고 훨씬 자유분방했다.

"이봐요, 말 좀 물읍시다."

보리밭 옆을 지나가던 서른 전후의 여인이 농부에게 말을 건넸다. 농부는 그쪽을 돌아보지도 않고 거름을 뿌리며 외쳤다.

"남궁장인가는 가던 방향으로 쭉 가면 나옵니다요—!"

"아, 감사합니다."

묻지도 않았는데 대답부터 주는 농부의 태도에 여인은 당황했지만, 어차피 원하던 답이 그것이었으므로 별말 없이 다시 걸음을 옮겼다.

같이 비료를 뿌리던 농부가 그에게 핀잔을 주었다.

"거 고개도 안 돌리고 답하나, 물어본 사람 민망하게. 아주 어여쁜 처자더만."

"그래 봤자 우리들하고는 인연도 없는 무림인일 텐데. 함부로 훑었다가 기분 상했다고 칼이라도 휘두르면 어쩌나."

"그렇게 치자면 아까 자네 태도야말로 칼부림 나기 딱 좋았네."

"그런 일로 칼부림이 나면 남궁장인가 분들이 잘 막아 주시겠지."

농부는 시큰둥하게 답하고는 비료통을 탈탈 털어 넣었다. 이제는 남궁장인가로 오는 사람들이 새롭지도 않은 소작농들이었다.

*　　*　　*

　새로이 섬서 북쪽에 유입된 이들은 당연하게도 남궁장인 가의 일원이 되기 위해 몰려온 이들이었다.

　특이한 점이 있다면, 그들의 대부분이 낭인이 아니라 전직 군인이라는 점일까.

　전직 군인들을 규합해 세가의 무력을 증진시키자는 계획은 제갈화영의 것이었다.

　관과 무림이 암묵적으로 상호불가침에 동의하고 난 후, 관은 생각 이상의 여러 이득을 얻었다.

　그중 하나가 바로 무공이었다.

　무림문파들이 관을 대하는 방식은 다양했다. 서로가 존재하지 않는 것처럼 구는 문파도 있었고, 서로 앙숙이지만 칼부림만 내지 않고 공존하는 경우도 있었다. 그리고 자신들의 무공을 적극적으로 이용하여 관과 협조, 공생하는 경우들도 존재했다.

　대문파 중에서는 하북팽가와 제갈세가가 그러했는데, 이들 두 문파는 세간에 널리 퍼진 무공보다는 질이 한 단계 높은 무공을 관에 전수해 주면서 그들과 깊은 관계를 맺었다.

　때문에 지금 군의 고위직에는 하북팽가의 사람들이 상당한 자리를 차지하고 있었고 각 지역의 관에서 활약하는 제갈세가의 사람들도 많았다.

하여간 그렇게 해서 전수된 무공은 주로 백부장 이상의 무인들에게 내려졌고, 그들은 관의 지원을 받아 상당한 실력을 갖추게 되었다.

하지만 평화가 이어지면서 군비를 감축하는 바람에 아직 나이가 많지 않은데도 일찍 전역한 이들이 상당히 많았다.

각 지역별 부대별로 조금씩 이뤄진 감축이라고는 하나 중원 전체로 따지면 몇 만에 달하는 숫자인 것이다. 제갈화영은 이들을 포섭하고자 했다.

대대적으로 무사를 모집한다는 공고에 낭인들도 제법 몰려왔지만 전역 군인의 숫자에 비할 바는 아니었다.

중원 전체에서 몰려든 전역 군인들의 숫자는 그야말로 어마어마했다.

제갈화영이 제갈가를 통해 흘린 소문 때문이었다.

'남궁장인가에 가면 환골탈태에 준하는 성장을 얻을 것이다!'

환골탈태라니. 이 무슨 허무맹랑한 소리인가.

처음에는 다들 혀를 찼다. 하지만 그 말을 꺼낸 것은 제갈세가의 사람들. 말도 안 되는 소리를 할 인사들은 분명 아니었다.

물론 여일혼원신공이 환골탈태와 비견될 수준은 아니었

지만 자신이 배운 내공의 한계를 깨트릴 수 있다는 점에서 정말 현실적으로 가능한 기연이라고 할 수 있었다.

군 출신의 무인들이라고 어찌 보다 뛰어난 실력에 대한 열망이 없겠는가.

그만한 무공을 배운 것도 감지덕지라고 생각하며 접었던 실력 상승의 꿈. 하지만 제갈세가가 흘리는 말이 진실이라면 불가능하다고 생각했던 것이 현실이 될 수도 있다.

그러한 생각으로 남궁장인가에 모인 전역 군인의 숫자가 무려 이천.

제갈화영이 생각한 숫자와 딱 맞아 떨어졌다.

어떻게 알음알음 소식을 들은 낭인들도 오백여명이 넘었다.

이렇게 모인 이천 오백 명을 한동안 남궁혁과 기린대가 심사할 예정이었다.

직접 칼을 맞대는 이들도 바빴지만, 뒤에서 이 모든 일들을 준비하는 이들이 가장 바빴다.

민도영과 제갈화영은 매일같이 한 집무실에서 모든 일을 진행하는 중이었다.

남궁장인가가 제갈화영에게 집무실 하나 내주지 못할 처지는 아니지만, 대대적인 계획으로 인해 일이 너무 많아서 따로 업무를 보는 게 오히려 비효율적이기 때문이었다.

"제갈 군사, 여기 새로 구입할 영약들의 목록입니다. 확인해 보시지요."

"감사해요, 민 총관. 저 또한 새로운 편제에 대한 정리를 마쳤답니다. 확인해 보시겠어요?"

두 여인은 서로 서류를 교환한 후 빠르게 확인에 들어갔다.

모란과 은방울꽃처럼 각기 다른 두 여인이 한 집무실에서 잘 지낼 수 있을까 염려하는 사람들도 있었지만, 두 사람은 생각 이상으로 잘 지냈다.

제갈화영은 민도영의 총명함이 자신과 호흡을 맞출 수 있는 수준이라는 점에서 매우 만족스러워 했다.

민도영도 그 부분에 있어서는 굉장히 편안함을 느꼈다.

일적으로 수준이 맞는 상대는 일의 효율은 물론 업무에 즐거움까지 가져오는 법이다.

민도영이 정리한 서류를 훑어본 제갈화영이 만족스러운 미소를 지었다.

"좋네요. 다음 달이면 제가 부탁드렸던 것들이 다 넉넉하게 수급되겠어요. 가격이 생각보다 저렴한 걸 보니, 남궁장인가가 그동안 상단들과 어떻게 관계를 맺어 왔는지 알 것 같사와요."

"과찬이십니다. 군사께서 작성하신 편제도 적절합니다.

여기에 맞춰서 새로 물건들을 구매해야겠습니다."

"감사해요. 아, 의방을 꾸리는 일은 어떻게 되어 가고 있지요?"

"순조롭게 진행되고 있습니다만, 역시 이름난 명의를 모시는 건 쉽지 않군요."

"이름이 알려진 사람들은 자존심이 있으니까요. 이미 터를 잡은 사람도 많고. 저도 한 번 알아보겠어요."

"감사합니다, 제갈 군사."

두 사람은 화기애애하게 일에 대한 이야기를 나누며 다시 서류에 집중했다.

"그나저나 이 정도 속도로 자금을 사용해 나가다 보면 현재 있는 여유금도 모자랄 상황이 될 것 같습니다만, 제갈 군사께서는 무언가 생각이 있으십니까?"

이런 대대적인 지출 계획을 짠 것이 제갈화영이니, 그만한 수입 구조도 짰을 것이라 생각한 민도영이 물었다.

제갈화영은 서류에서 눈을 떼지 않고 붓을 놀리며 말했다.

"이미 다 계획해 둔 바가 있지요. 이를 위해 오늘 소가주께서 떠나실 거랍니다."

"예?"

민도영이 화들짝 놀랐다.

남궁혁이 떠난다니, 어디로? 민도영은 전혀 들은 적 없는 사안이었다.

"아, 아직 못 들으셨나요? 출발하기 전에 말씀하시려나 보아요. 어제 새벽에 갑자기 생각난 것을 긴밀히 말씀드렸거든요."

"아, 그러시군요……."

세가의 군사가 생각난 방안을 새벽에 전하는 것이야 이상한 일은 아니었지만, 민도영은 어쩐지 마음이 불편했다.

남궁혁에 대해서는 그 누구보다 잘 아는 자신인데 자신이 모르는 이유로 남궁혁이 세가를 떠나 어디를 다녀온다니.

"앞으로는 그런 일이 있으면 제게도 알려 주시기 바랍니다. 소가주의 부재는 업무에 큰 영향을 미칩니다."

민도영은 불편한 내색을 감추려 애쓰며 사무적으로 말했다.

"미안해요. 새벽에 갑자기 결정 난 사안이라서. 아마 소가주께서 곧 알리러 오실 거랍니다."

사실 크게 잘못된 일도 아니긴 했다.

사람 일이 급하게 처리하다 보면 다 그럴 수도 있는 거니까. 하지만 아무리 그렇게 생각하며 스스로를 달래도 불편한 심기를 감추기가 어려웠다.

그런 그녀를 빤히 바라보던 제갈화영이 입을 열었다.

"안심하셔요, 민 총관의 연적이 될 생각은 없답니다."

"……그게 무슨 말씀이신지."

제갈화영이 빙긋 미소를 지었다.

"소가주가 마음에 들었던 건 사실이어요. 남궁 소저와 혼담이 오고 간다는 말은 들었지만 그 정도는 능히 감당할 만한 상대라고 생각했지요. 민 총관께서 아시다시피 소가주는 제 생명의 은인이시기도 하고."

민도영은 조금 당황스러웠다. 그녀도 이제 무림의 생리에 꽤 익숙해졌다.

무림의 여인들은 세간의 여인들과 달리 당당하고 자기주장이 뚜렷하다는 것도 알고 있었다. 하지만 이렇게 당당하게 자신의 마음을 고백하는 여인을 본 것은 처음이었다.

심지어 그 남궁옥마저 자신을 향해 은근한 견제를 할 뿐, 이렇게 대놓고 말하진 않았다.

"그런데 세가에 오고서 생각이 좀 바뀌었지요."

"바뀌다니, 어떻게 말씀이십니까?"

민도영은 자신의 목소리가 평소보다 뾰족하다는 것을 알았다.

지금까지는 남궁혁에게 어떤 여자가 접근해도 평정을 유지해 왔던 그녀답지 않았다. 아마 자신의 자리를 위협받았다고 느낀 탓이리라.

남궁옥은 무인이었다. 민도영이 가진 이 자리, 남궁혁을 보필하는 최고의 총관 자리를 위협하는 이는 아니었다.

과거에 민도영은 남궁혁의 여인이 되지 못하더라도, 이 총관 자리에서 최선을 다하기를 바라며 남궁혁을 포기하려 했었다.

그리고 지금, 그의 비밀스러운 정인이 된 상황에서도 이 자리만큼은 양보할 수 없었다.

민도영의 눈엔 제갈화영이 지금 그 자리에 성큼 발을 디딘 것처럼 보였다.

"원래 몸이 아픈 사람들은 세상 모든 것에 예민하기 때문에 눈치도 좀 빠른 법이라서요. 소가주와 민 총관 사이에 그 누구도 끼어들 수 없음을 알아 버렸답니다."

제갈화영은 가볍게 콧노래를 흥얼거리며 다시 붓을 놀렸다.

"저는 전략가여요, 민 총관. 승리할 확률이 낮은 전장에는 애초에 임하지 않는 것이 좋지만, 만약 반드시 승리를 거머쥐어야 한다면 무슨 수를 써서라도 확률을 높이는 사람이랍니다."

"무슨 수를 써서라도 저와 소가주 사이에 끼어들겠다는 말씀이십니까?"

"말은 끝까지 들어 주세요, 민 총관."

민도영이 제갈화영에게 이토록 날을 세우는 데는 또 다른 이유가 있었다.

제갈화영이 오고 며칠 후, 남궁혁이 양심 고백(?)을 했기 때문이었다. 그래도 민도영은 부드럽게 넘어갔다.

남궁혁이 먼저 접근한 것도 아니고, 여인이 남궁혁을 마음에 들어 해 기습적으로 입맞춤을 시도한 것을 어쩌란 말인가.

이제 남궁혁과 보이지 않는 단단한 끈으로 묶여 있다는 것을 알고 있기에 민도영은 대수롭지 않게 넘어갔다. 제갈화영을 딱히 경계하지도 않았다.

하지만 정말 괜찮았던 건 아닌 모양이다. 이런 제갈화영의 말에 목소리가 날카로워지는 것을 보면.

"한동안 민 총관과 일하면서 민 총관을 관찰했답니다. 함께 일하는 건 정말 좋았어요. 즐거웠고요. 제갈세가 사람들하고는 또 다른 맛이랄까. 그래서 민 총관의 적이 되고 싶지 않아졌어요."

"그 말은……?"

"소가주는 좋은 남자지만, 그 사람을 내 지아비로 만드는 것보단 민 총관과 소가주를 동시에 좋은 친구로 삼는 쪽이 훨씬 이득이라는 생각이 들었답니다."

"그, 그렇습니까."

민도영은 답지 않게 말을 더듬었다. 그런 모습이 귀엽다는 듯 제갈화영이 싱긋 미소 지었다.

"좋은 소식인데 표정이 왜 그러셔요?"

"그것을 좋은 소식이라고 해야 할지 잘 모르겠군요."

"어머, 아주 좋은 소식이죠. 훗날 남궁 소저가 힘으로 혼사를 밀어붙일 때 한 편이 되어 줄 든든한 아군이 생겼다는 뜻인데요."

민도영의 눈에 이채가 서렸다. 제갈화영은 그녀의 눈을 보며 말을 이어 나갔다.

"아마 소가주께선 자신이 직접 남궁소저와의 일을 정리하겠다고 하셨겠지만, 남궁소저는 그렇게 만만한 사람이 아니어요. 아마 그것까지 다 예상하고 있을 거랍니다. 대남궁세가주의 무남독녀여요. 정치를 하는 성격이 아니라 해도 옆에서 보고 배운 바가 있다는 건 무시 못 하지요. 그런 그녀가 소가주를 잡기 위해 전력을 다할 때, 이 제갈화영이 민 총관을 도와드릴 거랍니다."

"……왜 저한테 그렇게까지 말씀해 주시는 겁니까?"

"이미 말씀드렸답니다. 민 총관이 마음에 들었다고요. 소가주와 민 총관, 두 사람과 세가를 꾸려 나가는 일이 상당히 재미있을 것 같거든요."

민도영은 침을 삼켰다. 눈앞에 앉아 있는 이는 이 중원에서 지략과 권모술수에 가장 능한 여인.

제갈화영의 눈은 진심이라고 말하고 있었지만 저것도 거짓일지 모른다.

선하고 정직하게 살아온 민도영이지만 그녀 또한 정치가 난무하는 황실에서 몇 년을 버텼던 이다.

쉬이 의심이 걷혀지지 않는 민도영의 눈을 보며 제갈화영이 어깨를 으쓱였다.

"역시 이 정도로 쉽게 넘어가진 않으시는군요."

"제갈 군사의 별호를 안다면 누구나 그리할 것입니다."

"그렇다면 행동으로 증명하는 수밖에 없겠네요. 앞으로 지켜봐 주시어요."

두 여인은 그렇게 가벼운 신경전을 끝내고 다시 서류로 시선을 돌렸다. 그리고 잠시 뒤 또다시 의견을 교환하고 서로의 방안에 도움을 주었다. 고작 그 정도 다툼이 이 여인들의 공적인 일을 방해할 수는 없었다.

〈다음 권에 계속〉

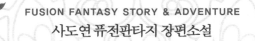

FUSION FANTASY STORY & ADVENTURE

사도연 퓨전판타지 장편소설

신세기전

이전에는 보지 못한 새로운 판타지
눈부신 신의 세계가 눈앞에 펼쳐진다!
사도연이 보여 주는 퓨전 판타지 장편소설!

dream
books
드림북스

기가
왕

요도 김남재 신무협 장편소설

ORIENTAL FANTASY STORY & ADVENTURE

「지옥왕」, 「요마전설」의 작개!
요도 김남재 신무협 장편소설

천하를 통일한 마교의 대공자 혁련휘.
오랜 세월 동안 행방불명되어 죽은 줄만 알았던 그가
동생의 복수를 위해 강호 무림에 칼을 겨눈다!

dream
books
드림북수

龍帝劍傳

용제검전

윤민호 신무협 장편소설

ORIENTAL FANTASY STORY & ADVENTURE

『악제자』, 『용맹마도』의 작가!
윤민호 신무협 장편소설

몰락한 작은 무문에서 맺어진 기이한 인연(因緣),
천하를 격동시킬 전설은 그렇게 시작되었다!

dream
books
드림북스